한의 스페셜리스트 8

가프 장편소설

초판 1쇄 찍은 날 § 2018년 8월 14일
초판 1쇄 펴낸 날 § 2018년 8월 21일

지은이 § 가프
펴낸이 § 서경석

총괄팀장 § 최하나
편집책임 § 이선근

펴낸곳 § 도서출판 청어람
등록번호 § 제387-1999-000006호
등록일자 § 1999. 5. 31
어람번호 § 제1-2944호

주소 § 경기도 부천시 원미구 부일로 483번길 40 서경B/D 3F (우) 14640
전화 § 032-656-4452 팩스 § 032-656-4453
http://www.chungeoram.com
E-mail § chungeorambook@daum.net

ⓒ 가프, 2018

ISBN 979-11-04-91804-9 04810
ISBN 979-11-04-91658-8 (세트)

8
가프 장편소설
FUSION FANTASTIC STORY
한의 韓醫
스페셜
리스트
도서출판 청어람

Contents

1. 살려야만 명침인 건 아닙니다

　—갓윤도, 전액 기부라니. 이미지 관리하려는 좀팽이들의 기획 기부하고 차원이 다르구나.

　—내가 받는 것도 아닌데 이렇게 고맙쥐?

　—국개의원들은 보고 배우개. 개조아, 개조아, 이권이나 챙길 수작 말고.

　—감동의 쓰나미. 당신이 완전 최고.

　—나이도 어린데 대단하다. 아재 세대들이 본받아야 한다.

　—완소 채윤도, 빌 게이츠 못지않다.

　—헬조선에 핀 희망의 꽃, 채윤도 한의사.

—이런 젊은이가 있기에 대한민국에 희망이 있다.

—정치꾼 놈들 본받아라. 만날 주둥이로만 국민 위하지 말고.

—장침을 타고 온 천사.

—한의사는 다르구나. 우리 동네 비보험 환자만 대우하는 치과의사야, 좀 보고 배워라.

—주위에 어려운 사람 있으면 직접 도와주는 게 낫다. 기부나 성금으로 내면 중간 놈들이 다 해먹는다.

—그래서 다스는 누구 거라는 거냐?

인터넷에는 댓글 북새통이 일었다. 남을 돕는다는 것, 그 또한 불치나 난치병 치료만큼이나 보람된 일이었다. 댓글에 댓글이 달리고 윤도의 사진이 전 세계로 퍼지는 사이에 윤도는 요양원에 와 있었다. 어머니와 한 약속을 지키기 위해 침술 봉사를 나온 것이다. 윤도의 옆에는 탈북자 노윤병도 함께했다. 윤도가 던진 제의를 그가 흔쾌히 받아들였다.

그는 이제 용천규 검사의 선처를 받았다. 족쇄이던 기소 중지가 사라진 것이다.

"아이고, 채 선생님."

요양원 원장이 입구까지 나와 반색했다.

"서 여사님, 고마워요. 이렇게 유명하신 아드님을 모시고 오다니……."

그녀는 어머니에 대한 인사도 잊지 않았다. 채윤도의 어머니 서미정은 윤도 덕분에 연이어 하늘 높은 비행기에서 내려오지 않았다.

"세상에, 학생 때와는 포스가 다르네. 그때는 솔직히 선무당 티가 좔좔 났었는데……."

원장이 웃었다. 사실 윤도는 한의대생 때도 여기 온 적이 있었다. 그때도 여기서 자원봉사를 하던 어머니의 권유로 온 것이다. 하지만 실수만 연발하고 돌아갔다.

"뉴스 봤어요. 세상에 어쩌면 그런 대인 같은 생각을 다 했어? 대통령보다도 멋져 보이더라니까."

원장은 윤도를 추켜세우느라 숨도 제대로 쉬지 못했다.

"칭찬해 주시니 이번에는 실수 없이 침을 놓아드리도록 하겠습니다."

윤도가 웃었다.

"무슨 그런 말을… 아, 암도 막 고쳐대는 명의시라는데…아까 그 말은 내가 그냥 조크로……. 빈정 상한 거 아니지?"

원장은 윤도 등을 토닥거리며 친밀감을 표했다.

1층의 남자 요양동은 노윤병이 맡았다. 윤도가 침 도구를 건네며 잠시 지켜보았다. 과연 그의 침은 압권이었다. 웬만한 신경통과 요통은 침 몇 방으로 정리해 버린 것이다.

"그럼 수고 좀 해주세요."

윤도가 당부를 남기고 돌아섰다. 윤도가 맡은 곳은 2층 여자 요양동이었다.

"할머니, 오늘 내가 굉장한 분을 모셔왔어요."

원장은 첫 방부터 목소리를 높였다. 첫 대상자는 70대 할머니였다.

"먹은 게 잘 내려가지를 않아."

할머니가 위를 문질렀다.

요양원 생활.

산책 시간이 있지만 밖에 나가지 않는 사람이 많았다. 무릎 때문이다. 어쩌면 인간의 건강은 무릎이 바로미터일 수 있었다. 무릎이 아프면 걷지 못한다. 걷지 못하면 많은 장애가 뒤따른다. 그렇기에 노년의 건강에 무릎이 첫손에 꼽혔다.

일단 할머니의 중완혈을 눌렀다. 체하면 중완혈 부위가 답답하거나 통증이 온다.

"어때요?"

"아파."

"많이 아파요?"

"응. 뭉긋하니… 활명수 먹어도 잘 안 내려가고……."

할머니가 말했다. 요양원에도 약은 있다. 관리 의사가 들러 처방을 내주기 때문이다. 그런데도 오랜 통증의 호소라면 간단하게 체한 건 아니었다. 진맥을 했다. 다행히 체한 게 맞기는 했다. 혹시나 위염이나 위암 등을 우려한 윤도는 안도의 숨을 내쉬었다.

"시원하게 뚫어드릴게요."

윤도의 침이 손의 합곡혈과 내관으로 들어갔다. 그런데 반응이 오지 않았다. 하도 오래된 것이라 고질이 되어 풀리지 않는 것이다. 팔목의 곡지혈과 다리의 족삼리를 바라보던 윤도는 장침의 방향을 먼 발바닥을 향해 틀었다.

윤도의 장침이 들어간 건 검지발가락을 중심으로 한 이내정이었다. 아무래도 그 혈자리 반응이 좋지 않았다. 이내정혈 역시 식체의 요혈로 쓰는 혈자리. 침은 뜨거운 화침으로 넣었다.

"어때요?"

침을 돌리며 윤도가 물었다.

"글쎄……."

"지금은요?"

손가락의 온도가 후끈 올라갔다. 동시에 침 끝 또한 뜸의 온도로 달아올랐다. 그때였다.

꾸르륵!

할머니의 위장이 요동을 쳤다.

"꺼어억!"

트림도 시원하게 나왔다.

"채 선생님, 내려갔나 봐요."

지켜보던 원장이 손뼉을 쳤다. 윤도가 침 끝을 조금 더 감았다. 위장에 남은 사기를 마저 빼내는 침술이었다.

"꾸욱!"

할머니의 트림이 길어졌다. 침 끝에 걸리는 사기가 없는 걸봐서 체기는 해결된 것 같았다. 침을 안정시키고 무릎으로 갔다. 연골 부위 두 군데에 취혈을 하고 장침을 넣었다. 슬관혈, 슬양관혈, 그리고 족삼리였다.

"아야!"

할머니가 다리를 뒤틀었다.

"조금만 참으세요. 무릎이 콕콕 쑤시죠? 이 침 맞으면 괜찮을 겁니다."

윤도는 침 끝을 돌려 관절염을 밀어냈다. 할머니의 비명은더 이상 나오지 않았다.

"이거 먹어."

시침이 끝나자 할머니가 요구르트를 내밀었다.

"아유, 할머니나 드셔. 우리 채 선생님은 또 다른 분 침놓으러 가야 돼."

원장이 막았지만 윤도는 요구르트를 받았다. 성의로 준 선물이다. 받아먹어야 할머니가 기쁘고, 기뻐야 건강해진다. 그

과정을 알기에 요구르트를 마셨다. 환자와 교감하지 못하면 좋은 한의사가 아니라는 걸 아는 윤도였다.

두 번째 할머니는 한쪽 다리가 당겼다. 그래서 제대로 걷지 못하고 있었다. 할머니에게는 무릎 바깥의 양관혈을 잡아주었다. 삼향자침으로 세 개의 장침을 넣었다. 발침을 하자 할머니의 다리가 쭉 펴졌다. 절뚝거리지 않고 걷게 된 것은 물론이다.

세 번째 환자까지 시침했을 때 노윤병에게서 SOS가 들어왔다. 1층으로 내려가 보니 80대 초반의 할아버지를 가리켰다.

"엄지손가락이 굉장히 아프시다는데 내 침으로는 안 되네요."

노윤병이 상황을 알려주었다.

"다친 건가요?"

윤도가 할아버지에게 물었다.

"아니, 그냥 아파."

"어디 부딪친 적도 없고요?"

"그렇다니까."

노윤병의 침을 보니 아시혈에 들어갔다. 윤도는 찬찬히 진맥을 했다.

"어떻습니까?"

노윤병이 물었다. 보기에는 간단한 엄지손가락. 침 한 방이면 끝날 줄 알았는데 되지 않았다. 그렇기에 그도 궁금한 차였다.

"대장 때문이네요."

"아하, 대장경."

그제야 노윤병이 무릎을 쳤다. 엄지손가락은 대장경과 통한다. 그러니 대장의 이상으로 온 병환이었다.

"대변 잘 못 보시죠?"

윤도가 할아버지를 바라보았다.

"누가 말뚝으로 밑구멍을 막아버린 건지 아주 죽겠어."

할아버지가 울상을 했다.

"손가락은 양릉천으로 잡으시고 대장혈에 침을 몇 군데 넣어주세요. 고황과 심수, 격수를 중심으로 자침하면 될 것 같습니다."

"알았습니다. 역시 선생님은 다르시군요."

고민이 풀린 노윤병이 침통을 들고 덤벼들었다.

"저기 선생님."

다시 2층으로 올라갈 때였다. 원장이 사무실 앞에서 손짓했다. 원장실로 들어서니 40대의 쌍둥이 남자가 보였다.

"인사하세요. 이분이 그 유명한 채윤도 선생님이세요."

원장이 쌍둥이에게 윤도를 소개했다.

"안녕하세요?"

중년의 쌍둥이가 똑같은 자세로 인사를 해왔다.

"이분들이 모란방 윤 할머니 자제분들이세요."

원장이 윤도를 바라보았다.

"네……."

"채 선생님이 오신다기에 우리가 홈페이지에 홍보 배너를 올렸거든요. 그랬더니 이렇게 달려오셨어요. 워낙 효성이 지극하신 분이다 보니……."

"예……."

"그런데 윤 할머니가 요즘 들어 건강이 너무나 안 좋아요. 그러다 보니 두 분의 어머니 걱정이 태산 같고요."

"……."

"뭐 다른 보호자들도 걱정은 마찬가지인데 선생님 오신다니까 꼭 좀 만나게 해달라고……."

"그러셨군요."

"선생님."

쌍둥이 하나가 말문을 열었다.

"말씀하세요. 제가 할 수 있는 일이면 도와드리죠."

"저희 어머니, 진짜 고생 많이 하신 분입니다. 젊을 때 아버지를 잃고 우리 형제와 여동생 키우느라 잠도 제대로 못 주무셨죠. 비록 여동생이 사고로 먼저 가기는 했지만……."

"……."

"지금도 안 아프신 데가 없습니다. 그런데도 도통 내색을 안 하세요."

"예……."

"부탁입니다. 선생님이 그렇게 용하시다니 저희 어머니 진찰 좀 잘 해주세요. 여기 의사 선생님들이 와서 물어도 불편한 곳 없다고만 하니 저희가 다 죽겠습니다. 어머니 아픈 데 없다는 거 다 거짓말이거든요. 저희들이 걱정할까 봐 그러시는 거예요."

쌍둥이는 애절했다.

고령의 노모.

안 아플 리가 없다. 인체란 나이를 먹으면 기능이 쇠퇴한다. 그러나 어머니라는 이름은 그걸 인내하게 만든다. 쌍둥이를 보아하니 그리 넉넉한 형편은 아닌 거 같았다. 더구나 이나이면 돈 쓸 데도 많다. 자애로운 어머니라면 그걸 모를 리없었다.

요양원 생활.

거저가 아니다. 돈이 들어간다. 요양 등급을 받았다고 해도 이것저것 합쳐 100만 원 가까운 돈을 낸다. 두 형제가 내기에 적은 돈이 아니다. 거기에 매번 오가는 비용도 만만치 않다.

"알겠습니다."

"그리고 이거… 뇌물 아닌 정성으로 알고 받아주세요. 어머니가 진찰조차 거부하시니 이번 기회에 아픈 데를 좀 잘 돌봐주고 싶은 자식들의 마음입니다."

쌍둥이 하나가 봉투를 내밀었다. 10만 원이었다.

"그거 거두시면 진찰을 하고 아니면 저도 어머니가 대답하는 대로 대충 끝낼 겁니다."

윤도가 잘라 말했다. 쌍둥이는 군말도 못하고 봉투를 거두었다.

윤 할머니.

그 병실은 끝에서 두 번째였다. 두 명이 묵는 방인데 앞 침대의 입원자는 잠들어 있었다. 부드러운 얼굴과 오동통한 체형을 보니 지적장애인으로 보였다.

"할머니, 대한민국에서 제일 용한 한의사 선생님이 침놓아주러 오셨어요. 자원봉사 하는 서 여사님 아시죠? 그분 아드님이세요."

원장이 설레발로 진료 차례를 알렸다. 쌍둥이도 흐뭇한 기대감으로 동석했다. 할머니는 해사했다. 너무 해사해 회색 인간을 보는 것 같았다. 다른 입원자들과 달리 단정한 옷차림 또한 인상적이었다.

"뭣 하러 그런 수고를… 난 괜찮으니까 저기 차순실이나 봐줘요."

할머니가 지적장애인을 가리켰다.

"그럴까 봐 아드님들이 오신 거예요. 이분 침이 진짜 약침 명침이니까 아픈 데 말만 하세요. 하루를 살아도 편안하게 살아야죠."

원장이 할머니 손을 잡으며 애정 공세를 펼쳤다.

"정말 괜찮다니까……."

"아유, 이 고집. 그러지 말고 손 주세요. 진맥부터 하세요."

원장이 할머니 손을 끌어냈다. 윤도가 다가가 진맥을 했다. 잡는 순간, 윤도의 심장이 덜컥 내려앉았다. 오손맥(五損脈)이 나온 것이다.

오손맥.

오손맥은 오장의 기가 끊어졌을 때 나오는 맥. 오손맥이 확실하면 하루를 넘기기도 어려웠다. 윤도의 시선이 왈딱 올라갔다. 그러고 보니 할머니 얼굴이 해사한 건 생기가 없는 까닭이었다. 혈색이 쫙 빠진 것이다.

'뭐야?'

윤도의 시선이 출렁거렸다. 원장이 말한 할머니는 이 정도는 아니었다. 오장의 기가 끊어졌다면 최소한 일주일 넘게 식사를 하지 않았다는 것. 그렇다면 원장이 모를 리 없었다. 반대로 말하자면 식사를 조금씩이라도 했다면 오손맥이 나올 수 없었다.

'착각일까?'

다시 진맥했다. 고결한 사람 같은 경우 양 손목에서 맥이 나오지 않을 수도 있었다. 그걸 착각했다고 생각한 윤도가 맥에 집중했다.

하지만 오손맥이 맞았다. 윤도는 맥을 짚은 상태로 멈췄다. 이 할머니…….

"많이 안 좋습니까?"

쌍둥이가 고개를 내밀고 물었다.

"좀 그러네요."

사실대로 말하지 못했다.

"어휴, 이렇다니까요. 그것 봐요, 엄마. 안 아프긴 뭘 안 아파?"

쌍둥이가 안타까운 표정을 지었다.

"침을 놓아드릴 데니까 다들 나가 계세요."

윤도가 원장을 바라보았다. 원장이 쌍둥이를 데리고 방을 나갔다. 쌍둥이는 나가면서도 어머니에 대한 애틋한 마음을 잊지 않았다.

"할머니."

윤도가 나지막이 할머니를 불렀다.

"네?"

"지금 맥이 굉장히 안 좋아요. 그냥 계시면 곧 돌아가실지도 몰라요."

"……."

"그러니까 침을 좀 놔드릴게요. 몇 군데 맞으면 원기가 돌아올 거예요."

윤도가 침통을 꺼냈다. 그런데 막상 침을 꺼내 들고 보니할머니의 손이 지적장애인을 가리키고 있었다.

"할머니."

"나 말고 차순실이 좀 놔줘요."

할머니가 웃었다. 텅 빈 미소였다. 미소마저도 저세상에 한발 들어가 있는 듯한 할머니.

"걱정 마세요. 할머니 놓고 저분도 놓을 겁니다."

"한의사 양반."

할머니 입에서 점점 더 진중한 소리가 나왔다. 가벼우면서도 묘한 기상이 서린 소리였다.

"네."

"아주 용하시다고?"

"예."

"그럼 부탁이 있어요."

"네."

"진맥하니 어때요? 내가 반은 저승에 가 있지요?"

"……!"

"왜 그런지 알아요?"

"식사를 안 하셨죠? 일주일도 넘게……."

"역시 아시네."

할머니는 아무렇지도 않게 대답했다.

"왜……?"

윤도가 고개를 들었다. 오손맥, 원인은 자수를 받았다. 하지만 원장 이하 직원들도 모르는 이야기였다. 할머니는 왜, 어떻게 음식을 먹지 않고 있을 수 있었단 말인가?

그건 지적장애인 때문에 가능했다. 이 입원자는 먹는 걸 좋아했다. 그렇기에 식사가 나오면 자신의 것을 지적장애인에게 덜어주고 빈 식판을 내어놓은 것이다. 물만 마시며 살았지만 직원들은 알지 못했다. 직원들은 손을 쓰지 못하는 입원자에게는 밥을 먹여주지만 그렇지 않은 사람에게는 식사를 챙겨주고 나가는 시스템이었다. 30분쯤 후에 그들이 오면 할머니의 식판은 늘 비어 있었다. 그렇기에 식사를 제대로 하는 걸로 생각할 수밖에 없었다.

"돌아가신 우리 아버지가 장의사였어요."

할머니의 시선이 창밖으로 날아갔다. 장의사. 괜히 온몸이 송연해졌다. 창 위에 그녀의 아버지가 관을 메고 와 있기라도 한 걸까?

"가난한 우리 아버지, 허리가 부러져 앓다가 돌아가셨는데 열흘 동안 아무것도 먹지 않고 몸을 비웠어요. 집안에 염습할

돈도 없고 명색이 장의사이니 누구 염습받을 일 없이 그대로 묻으라는 뜻이었지요. 그렇게 하면 죽어도 치울 대소변이 나오지 않아 그냥 관 뚜껑만 닫으면 되거든요."

"할머니……."

"아버지가 그래요. 짐승도 제 죽을 때를 알아 죽을 자리를 찾아가는데 인간만은 헛된 욕망으로 살려고 바둥거리다가 비참하게 죽는 사람이 많다고. 때가 되면 스스로 질 줄 아는 사람이 사람 자격 있는 거라고 말이에요."

"……."

"우리 아이들, 굉장히 가난해요. 그런 아이들에게 오랫동안 짐이 될 수 없어요. 아이들 마음이 애틋할 때 떠나주는 게 부모 된 도리지요. 게다가 나는 살 만큼 살았어요. 여기서… 이런 목숨으로 연명하는 게 의미가 있다고 생각해요?"

"……."

이런 목숨으로 연명하는 게 의미가 있어요?

어려운 질문이었다.

윤도의 몸이 얼어붙고 말았다. 조용하지만 설득력이 강한 할머니의 말. 그건 마치 하늘의 속삭임처럼도 들렸다.

"의미 없어요. 나도 망치고 아들도 망치는 일이에요. 그래서 지금 내 아버지처럼 스스로 염습을 하고 있는 중이에요. 내 생각에는 내일쯤이면 끝날 걸로 생각해요."

"……."

내일쯤…….

할머니의 말이 윤도의 진료와 일치했다. 그녀는 스스로의
운명을 알고 있었다. 아니, 그녀 자신이 만들어가는 운명이었
다.

"우리 아버지, 늘 그러셨어요. 진짜로 생을 아는 사람이라면
사후 장례가 아니라 생전 장례를 치루는 게 현명하다고 말이
에요. 그래서 고운 옷도 갖춰 입었어요. 아들이 사다 준 옷인
데 새 거예요. 이 옷을 입으니 아들들이 좋아해요. 저렇게들
좋아할 줄 알면 진작 입어주는 건데……."

'생전 장례…….'

"그러니 정 침을 놓고 싶다면, 그래야 우리 아들들이 행복
하다면 내 목숨이 질기지 않게 웃으며 죽을 수 있는 침으로
부탁해요. 찡그리고 죽으면 아들들이 슬퍼하지 않겠어요?"

"할머니……."

"한의사 선생이 내 첫 하객이에요. 축의금 대신 그렇게 해줘
요."

할머니 말의 끝이었다. 더는 말하지 않았다. 우묵하게 깊은
눈빛만 아득할 뿐이었다. 이미 마음의 결단을 내린 사람이었
다. 이때만은 할머니 홀로 숭고했다. 윤도의 장침이 아니었다.

파르르.

침을 든 손이 떨렸다. 침 몇 개가 할머니의 몸으로 들어갔다. 원래 생각한 침이 아니었다. 마음을 편안하게 달래는 혈자리였다. 그것 외에는 자침하지 않았다. 할머니의 말에 홀린 윤도는 예의를 지키고 싶었다.

신침은 지적장애인에게 집중되었다. 대저혈과 견우혈을 시작으로 내관혈과 대능혈까지 열 개의 장침을 넣었다. 대미는 백회혈에서 장식했다.

"한의사 양반."

장애인에게서 발침하자 할머니가 윤도를 불렀다.

"네?"

"고마워요."

할머니는 윤도의 침을 알고 있었다. 그녀의 뜻에 따라준 침이라는 것을. 어쩌면 할머니야말로 신침인지도 몰랐다.

"우와!"

시침이 끝나자 쌍둥이가 탄성을 질렀다. 지적장애인 때문이었다. 그녀의 얼굴에 생기가 가득했다. 웅얼거리던 목소리도 확연한 차도가 보였다. 그렇기에 어머니에 대한 기대감도 함께 차올랐다.

"저희 어머니 어떠세요? 심각한 병이 있는 건 아니죠?"

복도로 나오자 쌍둥이 중의 하나가 따라 나왔다.

"예. 하지만 몸이 워낙 다운되어서 오래 견디지는 못할 것 같습니다."

"……"

"오늘 특별히 잘 보살펴 드리고 가세요."

특별히.

그 말만은 강조하고 돌아섰다.

늘 살리는 것에 익숙하던 장침이 처음으로 살지 않으려는 환자를 만났다. 스스로 염습을 마치고 생전 장례를 치르고 있는 할머니. 자신의 꽃이 질 날을 스스로 알고 있는 할머니. 비장하지만 인간의 위대함을 새삼 엿볼 수 있는 날이었다.

2. 글로벌 인재의 거궐혈에
장침을 꽂아라

"채 실장."

TS전자 본사 앞에서 김 전무가 소리를 높였다. 오랜만에 오는 TS전자 의무실이었다. 정기 진료일은 아니었지만 시간을 내달라는 요청을 받은 윤도였다.

"갑자기 호출해서 미안하네."

"괜찮습니다만 한번 오신다더니 왜 안 오셨습니까?"

차에서 내린 윤도가 물었다.

"그게… 요즘 워낙 할 일이 밀려서 말일세."

"가장 중요한 우선순위는 건강입니다."

"그걸 누가 모르나. 살다 보면 마음대로 안 되는 일이 많은 거지."

"아무튼 오늘은 여기서라도 치료를 받으세요."

"오늘 핵심은 내가 아닌데?"

"전무님."

"아, 알았네. 일단 회장님이 기다리시니 들어가세나."

김 전무가 입구를 가리켰다. 윤도가 키를 눌러 자동차 문을 잠갔다. 순간, 끝 열의 자동차가 눈에 들어왔다. 그 앞에 선 여자 때문이다. 청바지에 면 티를 당겨 입은 여자. 한국 사람이 아니었다. 척 봐도 굉장한 미인인데 입술 염증에 피부가 건조해 보였다.

'화장 콘셉트인가?'

보기에는 건강의 이상 현상 같지만 낯선 여자를 잡고 진맥을 할 수도 없는 일. 윤도는 김 전무의 뒤를 따랐다.

"어이쿠, 채 실장."

회장실에서 자료를 보던 이 회장이 윤도를 반겼다.

"앉으시게. 요즘 활약이 대단하더군."

"별말씀을… 치아는 잘 났습니까?"

자리에 앉으며 윤도가 물었다.

"그렇잖아도 이제나저제나 채 실장이 올 날만 꼽고 있었다네. 보시겠나?"

이 회장이 입을 벌려 보였다. 입속이 꽉 차 있었다. 새로 난 이빨이 제대로 자리를 잡은 것이다.

"제대로 났군요."

"그렇다마다. 내 치과 주치의가 보더니 바로 기절해 버렸다네."

"그래요?"

"처음에는 다른 데서 임플란트를 한 줄 알더군. 해서 치조골이 부실한데 성급한 일을 벌였다며 이런 몰상식한 치료를 한 치과의사가 누구냐고 흥분을 하더니만 임플란트가 아니라 자연 치아인 걸 알고는 꽈당……."

"기분 좋으셨겠군요?"

"그렇다마다. 우리 치과의사가 무슨 약을 먹은 건지 알고 싶어서 난리였네. 채 실장 얘기를 했더니 나중에 자기 좀 소개시켜 달라더군."

"네……."

"아무튼 요즘은 살맛이 나요. 외국 가서 만찬 초대를 받아도 겁이 안 나고… 어제는 십 수 년 만에 양갈비도 뜯었다네."

"잘됐군요."

"다 채 실장 덕분이야. 이거 이빨 없어본 적 없는 사람은 절대 모를 심정이라고."

"예……."

"이거 사설이 길었군. 채 실장이야 하는 일마다 화제가 되는 사람인데……."

"별말씀을……."

"아니야. 신약 개발 그거, 나도 정보를 받았는데 굉장한 개가였더군. 더구나 깐깐하기로 소문난 바이마크사에서의 호평이라니… 게다가 국보급 고미술품의 반환 역시 그 못지않은 개가였고."

"다 부용 씨 덕분입니다."

"우리 부용이?"

"신약 개발도 그렇고 고미술품 역시 부용 씨가 데리고 있는 아이돌 가수의 할아버지였거든요. 그렇게 연결이 되지 않았다면 제 장침도 소용없었을 일입니다."

"하긴 그 녀석이 다시 살아난 후로 열심히 살고 있기는 하지. 최근에는 미국으로, 중국으로, 독일로 정신없이 뛰어다니던데……."

"어디 다른 데 불편하지는 않습니까?"

"한 군데 있기는 하네만."

"진맥을 좀 보겠습니다."

"보여 드리게."

윤도의 말에 이 회장이 생뚱맞게 김 전무를 바라보았다. 지시를 받은 김 전무가 PDA화면을 열었다. 화면에 복잡한 프로

그램이 올라왔다.

"회장님."

"5G라고 들어봤지?"

"5세대 이동통신 말입니까?"

"아는군. 거기 나오는 건 5G 다음을 겨냥한 6G 이동통신의 기본 알고리즘이라네."

'6세대?'

윤도의 촉각이 곤두섰다. 이제 5G가 시작되는 즈음인데 벌써 6G로 질러가고 있다니······.

"아시다시피 통신 시장이 별들의 전쟁이라네. 이제는 시간 싸움이지. 아차 하는 순간 바로 이류나 삼류가 되어버린다네."

"······."

"그러다 보니 가장 중요한 게 핵심 인력이라네. 기술 개발을 주도할 글로벌 인재 말일세."

이 회장의 말은 자꾸 엇나가고 있었다. 윤도가 원한 건 진맥이었는데 미래 기술 개발이라니. 하지만 이 회장은 애당초 작심한 듯 분명하게 강조하고 나왔다.

"이 6G 진맥이 필요하네만."

"회장님."

"설명은 내가 하지."

옆에 있던 김 전무가 화면을 넘겼다. 그러자 30대 초반의 남자 사진이 나왔다.

"이름은 보로브요프 스떼빤, 스탠포드 대학을 중퇴하고 실리콘밸리에 들어가 판을 뒤집어 버린 미국 공학의 신세대 아이콘이지. 러시아인 아버지와 유태계 미국인 어머니 사이에서 태어나 사고방식도 유연하고 일본 만화광인 사람. 우리 TS가 스카우트하려고 공을 들이는 친구인데 아무래도 중국 쪽 배팅에 솔깃해진 모양이야. 워낙 중국 음식을 좋아하는 데다 결혼을 앞둔 여자친구까지 중국 사람이라……."

"……."

"중국은 지금 모든 기술과 산업 분야에서 축지법이라도 쓰듯 속도를 내고 있다네. 10여 년 후에는 미국을 앞질러 AI 분야 1등 국가로 우뚝 서겠다는 인공지능 개발 계획까지 발표했지."

'미국을 제치고?'

"스떼빤은 차세대 통신 기술 리더로 꼽히는 사람이네. 또하나의 스티브 잡스라고 할까? 지금 강연자로 초빙되어 사내 연구실에서 강연을 하고 있네. 여자친구 역시 공학자 출신이라 같이 와 있는데… 아마 강연이 끝나면 중국으로 날아갈 눈치야. 그렇게 되면 영영 기회를 놓칠 것 같아 최후의 SOS를 보낸 거라네."

김 전무가 창밖을 가리켰다. 여자가 한 명 보였다. 조금 전

지나친 그 여자였다.

"그러니까 그 공학자 진맥을 보라는 거군요? 지병이라도 있나."

"연구 때문인지 항문 질환이 있고 손목에도 애로가 있다는 정보를 받았네. 해서 채 실장이 그걸 고쳐주면 한번 대시해 볼 기회가 오지 않을까 싶어서……."

"다른 중병은 없다는 거로군요?"

"우리가 알기로는 그러하네. 채 실장처럼 출중한 명의가 있으니 좀 심각한 병이라도 있어서 덜컥 고쳐주면 얘기가 다를 수도 있겠는데. 예를 들어 우리 회장님처럼……."

김 전무가 말을 아꼈다.

"심장의 궁궐로 불리는 거궐혈이라도 한번 찔러볼까요? 마음이 열릴지도 모르니."

"하핫, 그래주면 좋겠네."

"김 전무도 마음이 급하군. 그냥 채 실장에게 맡기세. 의도가 들어가면 채 실장이 부담스러울 수도 있으니."

이 회장이 나서 상황 정리를 했다.

팩트는 글로벌 공학자 스카우트.

그의 환심을 사기 위해 윤도를 불렀다. 고질병을 고쳐주면 마음이 바뀔 수도 있기 때문이다. 그래도 나 잘되자고 남의 불행을 바라지는 않는 마음이 엿보여 좋았다.

"강연은 언제 끝나죠?"

"두 시간 정도 걸릴 것 같네. 스떼빤에게 부탁한 이론이 좀 많아서 말이야."

"그럼 막간에 전에 말씀하신 직원분들 진료를 해도 되겠습니까?"

"그래주면 좋지."

김 전무가 웃었다.

하지만 윤도의 첫 침은 김 전무에게 들어갔다. 의무실에 들어서기 무섭게 김 전무부터 침대에 앉힌 것이다.

"미안하지만 더 지체할 사안이 아닙니다."

윤도의 말은 단호했다.

"채 실장……."

"그냥 두면 실명입니다. 아니, 지금도 실명에 가깝지만요."

"하지만 안과에서……."

"이미 늦었다고 했겠죠?"

"그렇다네."

"회장님의 이빨은 늦은 거 아니었나요? 부용 씨의 정신 질환은요?"

"……"

"더 늦기 전에 누우시죠. 회장님께는 언급하지 않겠습니다. 환자의 정보는 공개하지 않는 게 원칙이니까요."

윤도가 김 전무 상체를 살짝 밀었다. 그는 그대로 침대에 눕고 말았다. 김 전무의 질환은 눈 중풍으로 불리는 망막혈관 폐쇄증이었다. 닥터 손석구의 경우와 유사했다. 미리 준비를 마치고 왔기에 바로 시침에 들어갔다. 오장직자침에 더불어 약침이었다.

20분.

타이머를 세팅하고 첫 환자를 맞았다. 김 전무가 말한 그 직원이었다. 그가 아내를 데리고 들어왔다. 아내는 갓난아기를 안고 있었다. 잘되어야 2개월 미만이었다. 남직원의 고민은 아내의 젖이었다. 모유 수유를 원하지만 잘 나오지 않았다. 게다가 통증까지 있었다.

"채 선생님……."

아내는 윤도를 알고 있었다. 인터넷과 방송으로 여러 번 보았다고 했다. 어릴 때 그녀는 분유로 자랐다. 어머니에게 병이 있는 까닭이었다. 자라면서 잔병치레가 잦았다. 그 원인을 모유 부족에서 온 걸로 생각하는 여자였다. 그렇기에 아기에게는 모유를 먹이고 싶어 했다.

아기를 남직원에게 맡기고 서둘러 진맥을 했다.

"어때요? 병원에서는 큰 병은 없다고 하던데 제가 워낙 건강 체질이 아니라서……."

아내가 조심스레 물었다.

"위장 경락과 간장 경락이 좋지 않네요. 그래서 유두의 구멍이 막히면서 멍울이 되었습니다. 간간이 오한에 열도 났을 것 같은데, 그렇다 보니 젖도 잘 안 나오고 아프기도 한 상태입니다."

"맞아요. 열도 가끔… 이제 어떻게 하죠? 침으로는 안 되나요?"

"아닙니다. 가능합니다."

윤도가 장침을 뽑았다. 남편이 나가려 하자 윤도가 그를 불러 세웠다.

"남편분도 치료에 동참해야 하니 잠깐 거기서 기다리세요."

"예."

남편은 윤도의 지시에 따랐다.

장침이 혈자리를 찾기 시작했다. 수삼리혈에 양로혈을 짝지었다. 옹(癰)에 특효를 보이는 혈이다. 다음으로 몇 가지 혈자리를 더 잡았다. 단중혈과 소택혈, 양지와 유근혈이 그것이다. 유근혈에는 화침으로 넣었다.

마지막은 위장 경락과 간장 경락의 포인트였다.

15분 세팅.

그사이에 옆방 김 전무의 침대로 가서 침을 뽑아주었다.

"보이세요?"

시침을 받은 반대편 눈을 감게 하고 책을 대주었다.

"채 선생……."

"이번에는 운이 좋았습니다. 하지만 다음에도 늦으면 저도 장담 못합니다."

"채 선생……."

김 전무를 책을 잡은 채 경련했다. 거의 보이지 않던 글자가 보였다. 하지만 그가 고개를 들었을 때 윤도는 사라지고 없었다. 윤도는 다시 모유 수유를 원하는 산모 앞이었다.

"제 치료는 끝났습니다. 이제 남편 차례십니다. 아기는 간호사에게 잠시 맡겨두세요."

윤도가 남직원에게 말했다.

"저요?"

"그리고……."

윤도가 남직원 귀에 대고 속삭였다. 그는 이내 멍 때리는 표정이 되었다.

"남편이 해주셔야 효과가 100%입니다."

윤도는 남편 등을 밀고 진료실로 향했다.

쪽!

발소리를 따라 소리가 들리는 것 같았다.

쪽!

이 소리는 유축기 기구 소리가 아니었다.

쪽!

남편의 입술 돌아가는 소리다. 침이 끝난 후에 할 일은 따뜻한 타월로 유방을 마사지하고 젖을 빼는 일이었다. 유축기로 해도 가능하지만 '남편표 입술 유축기'가 최고였다. 아기의 젖에 아버지의 부성까지 더해지는 까닭이다.

장침으로 해결된 유옹과 유두의 구멍, 거기에 남편의 마음이 더해지면 다시는 막히지 않는다. 젖도 술술 나온다. 그건 장침으로도 넘볼 수 없는 일이었다.

쪽쪽!

"나와?"

"아니."

"잘 좀 해봐."

쪽쪽!

소리는 점점 더 아름다운 연주로 변해갔다.

짝짝짝!

같은 시간, 발표장에 박수 소리가 넘쳤다. TS전자의 핵심 기술진은 젊은 신성 스떼빤의 이론 발표에 박수를 멈추지 않았다. 차세대의 알고리즘과 코딩으로 대표되는 그의 견해는 세계 최고라는 TS 기술진에게도 경이로운 아이디어에 속했다.

"수고했습니다."

이사 둘을 대동한 김 전무가 스떼빤을 치하했다.

"아닙니다. 이런 기회를 주어 영광입니다."

스뗴빤이 대답했다. 두 시간 이상의 마라톤 강연을 하고도 지친 기색이 없는 스뗴빤. 그는 거의 에너지 덩어리처럼 보였다.

'어떻게든지⋯⋯.'

김 전무의 전의도 불덩이로 타올랐다. 스카우트만 하면 미래 시장의 선도도 큰 문제가 없을 일이다. 그러나 이제 마지막 기회였다.

"가시죠. 회장님께 인사도 하시고 우리 TS의 의무실에 또 굉장한 닥터가 있거든요."

"닥터라고요?"

"오리엔탈 닥터인데 스뗴빤처럼 사람을 잡아끄는 마력이 있습니다. 어디 불편한 데가 있으면 침 한 방으로 해결해 줍니다. 회장님의 선물로 알아주십쇼."

"하핫, 그렇다면 정말 마법이군요. 침술 마법사는 중국에나 있는 줄 알았는데⋯⋯."

"중국이라고요?"

"제 여친인 뤄샤오이가 그랬거든요. 중국에 가면 중국 침술의 신기를 보여주겠다고."

"단언컨대 침술이라면 이 사람이 지구 최강입니다. 가는 곳마다 기적을 일으키는 신의니까요."

"신의라… 너무 오버하시는 거 아닙니까?"

스떼빤이 웃었다. 천재적인 머리만큼이나 자유분방한 목소리였다.

천재 공학자 스떼빤.

그가 윤도 앞에 앉았다. 의무실이었다. 이제는 그녀의 여자 친구도 동행했다. 아까 본 그 여자였다.

"쿨럭!"

여자가 기침을 했다. 가까이서 본 여자는 확실히 건강상에 문제가 있어 보였다.

"김 전무님이 하도 자랑을 하시기에 궁금해서 왔습니다. 제가 호기심 덩어리거든요."

스떼빤이 웃었다. 윤도가 그의 맥을 잡았다. 항문 질환이 맞았다. 손목에도 수근관 증후군이 있었다. 보통 말하는 손목터널 증후군이었다. 꽤 심한 편이었다.

손목에는 팔과 손을 연결하는 힘줄이 지나간다. 손가락의 감각을 관장하는 신경도 지나간다. 이들이 지나는 길은 인대로 둘러싸여 있다. 이때 과도한 손의 사용으로 손목 근육이 뭉치거나 인대가 두꺼워지면 신경이 눌리면서 저린 증상이 나타난다.

심하게 되면 손이 아파 잠을 못 자는 경우도 있고 통증이 팔꿈치나 어깨로 올라가기도 한다. 양방에서는 부신피질호르몬제나 스테로이드 주사 치료법이 쓰인다.

세계적인 공학자 신분에 고질이 된 건 손목 혹사 때문이었다. 며칠 푹 쉬면 나을 수 있지만 그러지 못하면서 통증이 고착되어 버린 것. 그건 스떼빤의 설명으로 알게 되었다.

"가끔 우리 뤄샤오이가 침을 놔주기도 했습니다. 저 친구도 침을 좀 다룰 줄 알거든요."

스떼빤이 뤄샤오이를 바라보았다.

"저는 그저 간단한 침술 몇 가지를 알 뿐이에요. 진짜 침술가는 중국에 있는 우리 외삼촌이시죠."

뤄샤오이가 영어로 입장을 밝혔다. 그녀의 외삼촌이 중의라는 얘기였다.

"아무튼 마법을 부탁합니다. 하루 종일 의자에 앉아 있다 보니 항문의 불쾌감도 성가시고 손가락과 손목 역시 몹시 성가시거든요."

스떼빤이 침대에 누웠다.

"채 실장."

장침을 준비하는 사이에 김 전무가 다가왔다.

"회장님은 채 실장에게 맡기라지만 나는 말해야겠네."

"무슨……?"

"사실 스떼빤의 스카우트에 책정된 예산이 무려 30억이라네. 예비비로 10억이 따로 준비되어 있고."

'합이 40억?'

"연봉이나 계약금이 아니라 스카우트 팀의 예산이네. 연봉은 백지수표로 준비해 놓았지. 종신 계약도 가능하고."

"전무님……."

"채 실장이 돈에 얽매이지 않는다는 거 잘 알고 있네. 하지만 예산 규모만 봐도 이 일이 얼마나 중요한지 알 수 있을 걸세. 그러니……."

"최선을 다해보죠. 그러니 신경 그만 쓰십시오. 겨우 뚫어 놓은 시신경 막히겠습니다."

윤도가 웃었다.

"채 실장만 믿네."

김 전무는 당부를 남기고서야 자리를 비켜주었다.

스뗴빤에게 다가선 윤도가 장침을 꺼내 들었다. 스뗴빤의 눈이 휘둥그레졌다. 생각보다 침이 컸다. 그걸 본 뤄샤오이가 웃었다. 그녀에게는 낯익은 침이었다.

하지만 그녀의 웃음은 오래가지 못했다. 윤도의 첫 시침은 치질을 위한 명혈 시침이었다. 침이 공최혈을 뚫었다. 사실 공최혈은 잡아내기가 쉽지 않았다. 더구나 서양 사람이다. 지난번 독일인 레오폴트 때도 그랬지만 서양인의 혈자리에는 인체 비례 가감 측정이 필요했다. 그럼에도 윤도의 침은 소리도 없이 들어가 있었다. 한 혈자리의 기준을 세우면 인종도 나이도 문제가 되지 않았다. 나머지 두 방은 장강혈과 양관혈을 찔렀다. 부은 것을 내리는 특효혈이었다.

'후우.'

잠시 숨을 고르고 수근관 증후군을 잡으러 갔다. 손목을 위한 시침이었다. 근육과 인대는 간이 주관한다. 그렇기에 간경의 혈자리를 다스렸다. 통증이 가장 심한 건 합곡혈 쪽이었다. 난시를 위해 자침한 장침을 그대로 두고 후계혈 쪽에서 다른 침을 넣었다. 소부와 노궁을 거쳐 합곡에 닿는 일침사혈이었다.

윤도의 시침은 마치 피아노를 두드리는 손처럼 부드럽고 날렵했다. 그건 외삼촌 중의를 둔 뤄샤오이도 처음 보는 침술이었다.

"침을 뽑겠습니다."

타이머가 울리자 발침을 했다.

"그것 좀 보여주시죠."

스떼빤이 말했다. 윤도가 침을 건네자 그의 입이 한 번 더 벌어졌다. 침에 피 한 방울 맺혀 있지 않았다.

"와우!"

스떼빤의 입에서 감탄이 나왔다.

"아픈 데는 어떻습니까?"

김 전무가 다가와 물었다. 스떼빤은 그제야 손목을 움직여보았다.

"와우우!"

감탄이 커졌다. 이번에는 엉덩이를 만져보았다. 그의 입에서 또 한 번 감탄이 나왔다.

"원더풀! 이거 진짜 매직이군요! 지금 제가 뭐에 홀린 거 아니죠?"

스떼빤이 김 전무를 바라보았다.

"스떼빤이 공학의 마법사라면 여기 닥터 채는 침술의 마법사입니다. 그러나 잠깐의 환상이나 눈속임이 아닌 의학이죠."

"이거 정말……."

스떼빤은 연신 사방을 살폈다. 사물이 겹쳐 보이던 현상이 사라진 것이다.

"고맙습니다, 닥터! 진짜 고맙습니다!"

인사말도 더없이 컸다.

"그런데……."

스떼빤이 김 전무를 바라보며 뒷말을 이었다.

"이거 제 스카우트와 연결되는 건 아니겠죠?"

"스떼빤……."

"말씀드렸다시피 저는 이미 중국 쪽으로 마음을 굳힌 터라……."

"아직 사인을 한 건 아니지 않습니까? 스떼빤이 우리의 파트너가 되기를 바라는 마음에는 변함이 없습니다."

"손목과 항문을 고쳐준 건 고맙습니다. 만약 제 목숨을 구했다면 저도 마음이 흔들렸을지 모르겠습니다만……."

스떼빤이 일어섰다. 그가 뤼샤오이의 어깨를 잡고 나가려는 순간, 윤도의 목소리가 단정하게 작렬했다.

"스떼빤."

"……?"

스떼빤이 돌아보았다.

"방금 당신 목숨을 구해줬더라면 TS와 파트너가 될 수도 있다고 했습니까?"

"그렇습니다만……."

"만약 당신 여자친구라면 어떻습니까?"

"내 여자친구?"

"죄송하지만 두 분, 결혼하실 건가요?"

"그래요. 두 달 후로 날짜를 잡았습니다만……."

"그렇다면 다시 묻죠. 당신 여자친구의 목숨을 구해주면 TS와 파트너 계약을 할 수 있습니까?"

되묻는 윤도의 목소리에는 빈틈이 없었다.

목숨.

스떼빤도 아니고 그의 여자친구 뤼샤오이. 그러나 진맥 한 번 안 해본 윤도. 그럼에도 윤도의 화살은 거침없이 시위를 떠나 있었다.

"닥터!"

스뗴빤의 시선이 윤도를 겨누었다. 호감 일색이던 조금 전과는 달리 각이 제대로 선 눈빛이었다.

"당신의 그 말은 내 여자친구에게 심각한 질병이 있다는 겁니까?"

스뗴빤의 눈에서 레이저가 나왔다. 뭐든 뚫어버릴 기세였다.

"그렇습니다."

윤도는 주저 없이 답을 내놓았다.

"이봐요, 닥터!"

이번에는 뤄샤오이가 목소리를 높였다. 그녀로서도 황당하지 않을 수 없는 일이었다.

"닥터, 내 질병을 고쳐준 건 고맙지만 방금 한 말은 도를 넘었습니다. 반드시 책임을 져야 할 겁니다."

"물론이죠."

윤도는 스뗴빤의 눈길을 피하지 않았다.

스뗴빤과 윤도의 시선이 충돌했다. 실내 공기가 숨 막힐 지경이다. 곤란한 건 김 전무였다. 폭주하는 윤도. 방향이 살짝 비껴갔다. 허튼소리를 할 사람은 아니었다. 그러나 한마디 언질도 없었다. 김 전무는 마른침을 넘겼다. 그것 외에는 달리

취할 액션이 없었다.

"자, 그럼 말해보시죠. 대체 무슨 근거로 그런 말을 한 건지."

"폐입니다."

"폐라면 Lung?"

"예!"

"푸하하핫!"

윤도의 말을 들은 스떼빤이 웃어젖혔다.

"Make a mountain out of a molehill."

스떼빤이 힘주어 말했다. 영어로 말하는 '침소봉대'였다.

"우리 뤄샤오이가 기침하는 걸 보고 오버하는 모양인데 뤄샤오이는 지금 감기에 걸려 있습니다. 지푸라기라도 잡으려는 심정은 이해하겠는데 그렇다고 해도 이건 뭐……."

"지푸라기는 당신이 잡아야 합니다. 내 말을 무시하면 당신 여자친구는 결혼식을 올리기 전에 천국으로 갈 수도 있으니까요."

"뭐라고?"

스떼빤이 핏대를 올렸다. 두 사람이 격앙되자 김 전무가 막아섰다.

"진정하세요, 스떼빤. 우리 닥터 채는 허튼소리를 하지 않습니다. 그러니 차분히 이야기를 듣는 게……."

"그만두세요. 이게 결혼을 앞둔 사람에게 할 말입니까? TS에 실망했습니다."

스뼤빤이 김 전무에게 항의를 퍼부었다.

"결혼을 앞두었으니 드리는 말입니다. 당신 여자친구는 지금 폐의 진기가 다했습니다. 당장 치료를 받지 않으면 결혼식 올리기 전에 죽어요."

윤도는 주장을 굽히지 않았다.

"폐의 진기가 다해?"

"손을 주시죠. 진맥을 해보고 말씀드리겠습니다."

윤도가 뤄샤오이를 바라보았다.

"됐어요. 당신 같은 사람에게는 진료받지 않겠어요."

뤄샤오이가 단칼에 잘랐다.

"받아야 합니다. 당신의 왼 뺨이 형편없잖아요. 오른 뺨이 그렇다면 간이 나쁜 신호지만 왼 뺨은 폐에 속합니다. 폐가 나쁘다는 신호는 이미 오래전부터 왔습니다. 당신의 말라 버린 뺨이 말하고 있어요. 거기다 건조가 극에 달한 털, 입술에 번지는 염증, 아마 손발톱도 건조하기 그지없을 겁니다. 그 모든 게 폐의 진기가 바닥이라는 반증이니 내 말이 미덥지 않으면 중국의 당신 외삼촌에게 전화해 보십시오. 가급적이면 화상전화를 권합니다."

"이봐요."

"당신은 감기가 아닙니다. 감기는 그냥 우연히 겹친 병입니다. 그러니……."

"……."

"스뗴빤, 아까 한 말은 그냥 해본 말입니다. 당신이 TS와 파트너가 되든 말든 그건 당신의 자유입니다. 나한테 진료를 안 받아도 상관없으니까 확인만 해보란 말입니다. 아마 소변보는 데도 문제가 있었을 겁니다. 목소리도 원래는 이렇지 갈라지지 않았겠죠? 내 말이 틀렸습니까?"

윤도의 주장이 뤄샤오이을 향했다. 뤄샤오이의 미간이 살짝 구겨졌다. 그건 사실이었다. 그때도 감기 직후였다. 감기 때문인 줄만 알았다.

"뤄샤오이."

스뗴빤이 여자친구를 바라보았다. 그녀는 마지못해 전화기를 꺼냈다. 중국에 국제전화를 걸었다. 중의가 전화를 받았다. 화상을 통해 뤄샤오이를 본 그가 진단을 내놓았다.

―요즘 피곤하다더니 그래서 그런 거야. 폐의 진기가 끊어지다니 누가 그런 헛소리를 해?

"……!"

중국말을 알아들은 윤도의 뇌리에 벼락이 내리꽂혔다. 윤도가 통화하고 싶었지만 전화는 그대로 끊겼다.

"이제 가도 됩니까?"

스뗴빤이 윤도를 노려보았다. 경멸이 가득 찬 눈빛이었다.

"스뗴빤."

김 전무가 그를 달래고 나섰다.

"오늘 초청은 고마웠습니다. 하지만 마지막은 모양이 좋지 않군요. 다만 제 항문과 손을 고쳐주었으니 더는 문제 삼지 않겠습니다."

스뗴빤이 김 전무를 돌려세웠다. 김 전무는 더 이상 대응하지 못했다.

부릉!

스뗴빤이 탄 차가 주차장을 나갔다.

"채 실장, 어떻게 된 건가?"

"죄송합니다."

"그런 말을 듣자는 게 아니네. 내 말은……."

"제 진단은 사실입니다."

"하지만 진맥도 하지 않지 않았나?"

"모든 병이 진맥을 해야 하는 건 아닙니다. 불문 진단이라는 것도 있으니까요."

"100% 확신인가?"

"인간이기에 100%라는 말은 조심스럽습니다. 하지만 다시 그 순간이 와도 제 진단은 바뀌지 않을 겁니다."

"알겠네. 어차피 우리와 인연이 닿지 않는 사람인 것 같으니 크게 괘념치 말게나."

"그러죠. 저 역시 지구상의 모든 병자를 살릴 수는 없는 일 이니……"

윤도도 회사를 나왔다. 찜찜했다. 만약 아무 조건이 없는 상태였다면 윤도의 진단을 받아들일 수도 있는 뤄샤오이였다. 그러나 전제 조건이 있었다. 그것들이 얽히면서 거부감이 형성된 것이다.

'다행히 외삼촌이 중의라니……'

차에 오른 윤도가 시동을 걸었다. 화상통화였기에 제대로 보지 않았을 수 있었다. 바로 중국으로 간다니 뤄샤오이의 상태를 직접 보면 윤도를 수긍할 수 있을 것이다. 거기에 희망을 걸고 도로에 올라섰다.

기분 탓인지 도로도 엉망이었다. 올 때는 뻥뻥 뚫린 길이 체증을 보이고 있었다. 겨우 길이 뚫리자 이유가 나왔다. 교통사고가 난 모양이다.

집으로 돌아온 윤도는 산해경을 뒤지다 잠이 들었다. 첫 번째 대성공을 이룬 알레르기성 비염과 아토피 피부염. 그 2탄으로 이어가려는 치매 신약을 위한 노력이었다.

그 꿈에 윤도는 중국의 헤이싼시호를 보았다. 호수 위에 선 그림자는 그 아이였다. 아이가 호수를 향해 손을 펼치자 호수가 역류했다. 역류한 물이 윤도에게 쏟아졌다. 윤도는 물줄기

를 고스란히 받아들이다 잠에서 깨었다. 전화벨 소리 때문이
었다.

"여보세요."

영어였다. 처음에는 누군가 했지만 이내 알게 되었다. 낮에
TS전자에서 만난 러시아와 유태인 피가 섞인 미국인, 스떼빤
이었다.

ㅡ닥터 채.

스떼빤의 목소리가 굉장히 다급했다.

"무슨 일이죠?"

솔직히 귀찮았다. 낮의 일을 빌미로 원망이라도 하려나 싶
었다. 하지만 전화기로 흘러나온 그의 말은 아주 달랐다.

ㅡ지금 SS병원입니다.

'SS병원?'

ㅡ아까 TS전자를 나와 호텔로 가다가 접촉 사고를 당했습
니다. 여자친구가 잠시 깨어나지 못하는 바람에 큰 병원에 와
서 MRI를 찍었는데…….

"……!"

그 말끝에 윤도가 전화기를 떨어뜨렸다. 떨어진 전화기에서
스떼빤의 목소리가 계속 흘러나왔다.

ㅡ조금 전에 MRI 결과가 왔습니다. 마침 여기 닥터가 존스
홉킨스에서 내 선배와 함께 공부한 닥터라서 상세 모니터를

제공받았는데 내 여자친구가…….

스쩨빤의 목소리가 조금 멈췄다가 이어졌다.

—폐암 3기라고 합니다. 당신 말이 맞았습니다.

"……"

—미안합니다. 병원에서는 소세포폐암이라 수술이 불가능하다고 합니다. 발견이 늦은 편이라 항암 치료를 받아도 완치율이 굉장히 낮고 그냥 두면 길어야 1년을 산다고 합니다. 헌데 이런 경우라면 오히려 당신을 찾아가 보는 게 좋을 수도 있다고 말합니다. 아까는 진심으로 무례했습니다. 당신의 도움이 필요합니다. 도와주십시오.

스쩨빤의 목소리가 무너졌다. 흐느낌은 없지만 우는 목소리였다.

"스쩨빤."

—당신이 원하면 무엇이라도 하겠습니다. 무례를 용서해 주시고 뤄샤오이를 부탁합니다. 저는 이 사람이 없으면 살 수 없습니다. 이 여자가 바로 내 공학이자 삶의 원천이기 때문입니다.

"……"

—당신에게 데리고 가겠습니다. 제발 여자친구를 살려주세요.

스쩨빤은 몇 번이고 거듭 무너졌다. 그 심각함을 따라 밤은

저 홀로 깊어갔다.

이른 아침, 윤도는 일침한의원 앞에 있었다. 옆에는 진경태가 보였다. 잠에서 깨는 즉시 한의원으로 달려온 윤도였다. 진경태에게 폐암 약침액을 부탁했다. 진경태는 기꺼이 지시에 따랐다.

8시가 넘어 스떼빤이 도착했다. 뤄샤오이와 함께였다. 그들을 맞아 원장실로 향했다.

"뚜이부치."

뤄샤오이가 사과를 전해왔다. 그는 외삼촌과의 통화를 통해 윤도가 중국어도 가능하다는 것을 알았다. 암을 선고받은 그녀는 여러 풀 꺾여 있었다. 누구든 그렇다. 양성종양만 나와도 가슴이 철렁할 판에 암이었다. 그것도 중증의 폐암이었다. 그녀 자신은 꿈에도 생각지 못한 일이었다.

진맥부터 했다. 이제는 치료가 관건인 사람. 환자인 그녀를 두고 지난 일을 질책할 생각은 없었다.

긴장!

그 단어가 윤도 어깨에 빼곡히 내렸다. 중병이란 놈이 주는 중압감은 언제나 그랬다. 동시에 기도했다. 이 환자의 질환이 치료가 가능하기를. 맥을 통해, 혈자리를 통해 그 정보를 알 수 있기를. 이제는 명의라는 호칭이 익숙해졌지만 여전히 윤도는 신이 아니었다.

"……!"

맥을 짚던 윤도의 눈에 미세한 출렁임이 스쳐 갔다. 폐암은 좌우엽에 다 들어앉았다. 동시에 아래쪽으로 쏠린 병소였다.

구분을 하자면 선암에 속했다. 폐경락의 원혈인 태연혈부터 튀고 있었다. 동시에 임맥을 포함해 흉부의 혈자리가 죄다 부어올랐다. 그러나 폐의 아래쪽이라면 신장으로부터 비롯된 병소. 그럼에도 불구하고 신장은 그리 약하지 않았다.

'병소……'

눈을 감은 채 폐의 결절 신호를 받았다. 암은 두 개의 본진을 형성하고 있었다. 오른쪽 폐에서의 기세가 조금 더 강했다. 왼쪽이 강한 것보다 좋지 않았다.

상세 진단을 위해 대릉혈과 전중혈을 짚었다.

'젠장!'

한숨이 살짝 밀려나왔다. 이 여자의 혈자리 또한 특이혈이었다.

─존재하되 잡히지 않는 은혈(隱穴).

─강철처럼 단단해 침을 박살 내는 철혈(鐵穴).

─원래의 혈자리에서 떠 있는 부혈(浮穴).

─그리고 진짜 혈자리처럼 보이는 가혈(假穴).

윤도의 뇌리에 사대기혈이 스쳐 갔다. 뤄샤오이는 부혈과 가혈이 뒤섞인 혈자리를 가지고 있었다. 몇 군데의 혈자리를 눌러 가혈과 진혈의 차이를 알아냈다. 그것으로 환부 확인에 나섰다.

병소를 짐작하는 데는 전중과 대릉혈만 한 곳이 없었다. 오장의 기가 윤도의 손으로 들어왔다. 폐의 좌우엽에 가득한 사기. 진맥에서 안 것과 크게 다르지 않았다.

'사기… 그 아래의 덩어리… 그 아래의 암세포들……'

MRI를 찍듯 윤도는 암세포의 기세를 확인했다. 진맥은 그렇게 끝났다.

"닥터."

지켜보던 스떼빤은 초조함을 감추지 못했다.

"좀 심각하군요."

윤도가 영어로 답했다.

"치료가 불가능합니까?"

"당신이 차차세대 이동통신 기술을 개발하고 있다고 했나요?"

"예스."

"처음에는 굉장히 막막했겠죠?"

"예스."

"하지만 지금은 실체에 닿았겠죠? 그러니 세계 각국의 유수한 기업에서 당신을 탐내는 걸 테고."

"예스."

"나도 이제 막막함을 겨우 넘었습니다."

윤도가 웃었다. 스페빤은 그 미소의 의미를 알았다.

"닥터, 뤄샤오이의 진료 기록입니다. 참고로 써주세요."

스페빤이 병원에서 받아온 기록을 넘겨주었다.

"솔직히 말하면 이 기록을 중국의 뤄샤오이 외삼촌에게 보냈습니다. 그분도 고개를 젓더군요. 한국의 SS병원이라면 세계적인 곳이니 거기에서 방법을 찾아보라고⋯ 중국에서 해결할 수준이 아니라고 했습니다."

"솔직히 말해줘서 고맙습니다."

"닥터⋯⋯."

"그러나 저 역시 보장이나 장담은 하지 못합니다. 다만 가능성은 있다는 것. 치료는 의사 혼자 하는 게 아니니 함께 도전해 봅시다."

윤도가 뤄샤오이를 바라보았다. 그녀는 고갯짓으로 강한 의지를 밝혀왔다.

"어제 들으니 가벼운 침은 놓을 줄 안다고 했죠? 그렇다면 경락이나 기혈에 대해서도 알겠군요?"

"네, 조금은⋯⋯."

"이 암의 출발은 신장이었습니다. 폐가 이 지경이니 다른 오장육부도 굉장히 나빠야 하는데 다행히 그렇지는 않습니다."

"……"

"피부가 나빠진 건 언제부터인가요?"

"이삼 년 되었어요. 하지만 몇 번 이사를 하면서 기후가 안 좋았기에 피부 트러블로만 생각했죠."

"오후에는 열도 났을 겁니다."

"맞아요. 저녁이 가까워지면 가끔……."

"한방식으로 설명하자면 털과 피부가 나쁘면 폐에 이상이 온 것입니다. 피부에 영향을 끼치는 건 폐와 신장이거든요."

"저는 과로 때문으로 생각했어요. 프로그램 개발을 하다 보면 밤을 새우는 날이 많아서……."

아쉽군요.

그 말은 하지 않았다. 환자에게 미련만 줄 뿐이다. 미련은 치료에 도움이 되지 않았다.

"임맥을 포함해 가슴 부위를 지나는 많은 혈자리가 부어올랐습니다. 가장 심한 곳이 고황 쪽인데 일단 그것들을 안정시키고 본격 시침을 할 겁니다."

"고황……."

뤄샤오이가 중얼거렸다. 그녀도 고황의 중요성을 아는 눈치였다.

"위로를 하나 드릴까요?"

"……?"

누워 있던 뤄샤오이가 고개를 들었다. 온몸을 스쳐 가는 청량감 때문이다. 침은 하나의 마술이었다. 윤도의 장침이 전중혈을 찌른 것이다. 전중은 오장의 기가 모이는 곳. 환기를 하듯 막힌 기를 뚫어주니 시원해지는 뤄샤오이였다.

"닥터……."

"기분 전환입니다. 본격 치료를 앞둔."

윤도가 가운 소매를 걷어붙였다. 풀코스가 될 수도 있는 장침의 애피타이저이기도 했지만 윤도에게도 필요한 자침이었다. 그것으로 또 한 번 부혈과 가혈의 감을 잡은 것이다.

"닥터……."

놀란 뤄샤오이가 뒷말을 이었다.

"외삼촌이 말하기를 제 혈자리는 아주 특이하다고 했는데……."

"맞아요. 굉장히 특이합니다. 침을 보세요."

윤도가 전중혈 자리를 가리켰다. 장침은 하나가 아니고 둘이었다. 하나는 조금 낮게 들어갔고 하나는 깊었다.

"어떻게 한 거죠?"

"특이한 혈자리 환자를 몇 번 보았거든요. 그분들이 다 내 공부가 되었지요. 당신의 혈자리는 부혈과 가혈이 이어지고 있습니다. 해서 첫 침으로 부혈을 잡아놓고 두 번째 침으로 가혈 밑의 진혈을 찔렀지요."

"맙소사!"

"그저 한 번의 수고를 더했을 뿐입니다."

"그런 실력이라 곡지혈 시침을 생략했나요?"

그녀는 과연 침술을 알았다. 침술의 사고 예방을 위해 선조치로 놓는 곡지혈을 알고 있었다.

"곡지는 꼭 필요한 사람에게만 놓습니다."

윤도가 웃었다.

마침내 본격 시침이 시작되었다. 임맥의 출발인 승장혈을 시작으로 중완까지 내리달았다. 자침은 첫 침과 같았다. 하나로 부혈을 누르고 또 하나로 그 아래의 진혈을 찾는 것이다. 처음에는 다소 애를 먹었지만 염천혈과 천돌혈에 이르러서는 찌를 만했다.

임맥은 음기(陰氣)를 관장하는 경락이다. 인체 내의 음양 밸런스 조절에 큰 축을 차지한다. 폐를 포함하는 오장은 음의 속성을 가지는 기관들. 부어 있지 않더라도 시침해서 나쁠 게 없었다. 침감은 혈자리의 붓기에 따라 달리했다.

이어 족양명경, 족태음경 등의 가슴 부위 혈자리도 모두 잡았다. 붓기를 달랜 장침만 해도 50여 개에 가까웠다.

"······."

뤄샤오이는 벌어진 입을 다물지 못했다. 한마디로 신기에 가까운 침술이었다.

'자, 준비운동은 끝났고······.'

윤도의 눈이 뤄샤오이의 가슴팍을 겨누었다. 가슴팍 안의 폐가 보이는 것 같았다. 그 안에 검은 왕국을 형성한 암세포 군단도 보이는 것 같았다. 암은 기세등등했다. 소리 없이 인체를 습격해 완벽하게 자리를 잡았다. 수술 불가까지 몰고 온 것이다.

남은 건 인체 정복이었다. 소세포폐암은 전이도 잘된다. 간이나 림프, 뇌를 장악하는 것도 시간문제였다.

폐암······.

보통 사관을 열고 중부혈, 척택혈, 태연혈, 폐수혈, 중완혈을 잡는다. 기의 소통을 끌어올려 폐를 보해 암세포를 소멸시키는 조합이다. 폐암을 폐실(肺實)로 보고 폐의 자혈인 척택, 중부, 태연혈을 주치혈로 삼는 것이다. 태연혈은 허실을 불문하고 꼽히는 경우가 많았다.

하지만 윤도는 그 법을 따르지 않았다. 다른 오장이 버틸 만했기에 처음부터 전면전을 치르기로 했다. 암의 본진을 전격 공략하는 오장직자침을 쓰려는 것이다.

철컥!

철컥!

문부터 닫았다. 폐로 연결되는 혈문 전부를 닫았다. 폐엽에 튼실하게 진지를 차린 암의 본진. 그 퇴로부터 차단한 것이다. 전쟁으로 말하면 배수진이었다. 여기서 폐암 세포를 맞아 몰살로 몰아가야 했다.

Go!

윤도가 약침을 뽑았다.

오늘의 약침은 새로 조합한 칵테일 타입이었다. 산해경의 영약에 북한에서 얻어온 산삼, 거기에 진경태가 남해 고도에서 캐온 대물 최상급 한약재의 진액을 섞어 만든 맞춤형이었다.

사뿐!

침이 뤄샤오이의 폐를 뚫고 들어갔다. 침 끝이 암 덩어리에 닿았다. 윤도의 손끝이 파르르 떨렸다.

'안녕?'

인사와 함께 장침이 꽂히기 시작했다. 30여 분 후 윤도가 겨우 숨을 돌렸다. 뤄샤오이는 차마 말을 할 수 없었다. 왼쪽 폐에 꽂힌 장침만 무려 30여 개였다. 마치 고슴도치의 가시밭 같았다. 그러나 마취라도 한 듯 조금의 아픔도 느껴지지 않는 절정의 침술.

"세상에는 말이다."

그녀의 뇌리에 외삼촌의 말이 스쳐 갔다.

"화타와 편작이 있단다. 어디엔가 분명……. 누군가 죽을 때가되어도 그 의원을 만나면 살 수 있지. 외삼촌의 꿈은 그런 중의가 되는 거란다."

언제나 소원처럼 말하던 외삼촌의 말, 그 말의 주인공이 지금 뤄샤오이의 눈앞에 있었다.

장침…….

30여 개를 나란히 꽂은 데는 이유가 있었다. 30개는 왼쪽폐포에 자리 잡은 암세포 덩어리의 숫자였다. 큰 것이 8개, 중간 것이 16개, 작은 덩어리가 6개였다. 물론 하나하나 약침을넣을 수도 있었다. 하지만 혈괴나 암 덩어리가 녹으면 다음 시침에 문제가 될 수 있었다. 그렇기에 먼저 적중부터 시켰다. 작은 암 덩어리 하나도 놓치지 않으려는 생각이었다.

오른쪽도 같은 장침을 넣었다. 이쪽은 24개였다. 손을 떼고보니 정말이지 장침의 산을 보는 듯했다.

"긴장되나요?"

윤도가 뤄샤오이를 바라보았다.

"긴장 안 되면 사람이 아니죠."

"그냥 여드름 짠다고 생각하세요. 폐에 난 여드름. 그럼 긴장이 풀릴 겁니다. 긴장은 조금 후에 하면 됩니다."

설명과 함께 가장 작은 암 덩어리에 꽂힌 장침을 돌렸다. 돌리면서 눌렀다. 침감으로 암 덩어리를 달래면서 약침을 퍼뜨리는 것이다.

팟팟!

장침은 쉴 새 없이 암을 파고들었다. 숨도 쉬지 않은 채 왼쪽 폐암을 몰아붙였다. 그리고 마지막으로 엄지손톱보다 큰 덩어리의 핵 안으로 장침을 밀어 넣었다. 이 침은 저항을 받았다. 암은 침 끝을 문 채 놓지 않았다. 눌러도 들어가지 않았다. 억지로 힘을 쓰다 오버하면 폐포를 관통할 일. 그대로 두고 다른 약침을 두 개 더 넣었다. 먼저 들어간 침과 역삼각을 이루는 위치였다.

'포기해. 넌 이미 끝장났어.'

윤도가 암 덩어리에게 말했다. 가만가만 침 끝을 고르다 포인트로 여겨지는 타이밍에서 침 끝을 밀었다. 왼쪽 폐에서 가장 큰 암 덩어리가 뚫리는 순간이었다. 그와 동시에 나머지 두 침도 함께 밀어 넣었다.

"하아!"

뤄샤오이가 긴 숨을 내쉬었다.

오른쪽 폐에 대한 조치도 같았다. 작은 암 덩어리부터 해치운 윤도가 속도를 내기 시작했다. 이번에는 중간 덩어리에서 막혔다. 침이 들어가지 않고 휘어버린 것. 다행히 침 끝은 돌았다. 살살 암 덩어리를 어르다 한순간에 핵을 뚫어버렸다. 나머지는 거칠 것이 없었다. 마지막 혈괴도 약침 앞에 녹기 시작했다. 덩어리가 큰 혈괴라 시간은 좀 걸렸다. 하지만 침을 감아 속도를 더하자 융해 속도가 빨라졌다.

"닥터."

윤도가 복도로 나오자 스폐빤이 달려왔다.

"시침이 끝났습니다."

"뤄샤오이는 괜찮은 겁니까?"

"궁금하면 봐도 됩니다."

윤도가 문을 가리켰다. 스폐빤이 문을 살짝 열었다.

"……!"

그의 눈이 거기서 멈추고 말았다. 뤄샤오이의 가슴팍에 꽂힌 침 때문이었다. 그것들은 하나의 은빛 세계를 이루고 있었다.

"약침을 넣었습니다. 뤄샤오이의 암세포를 녹이는 중입니다."

"뤄샤오이……."

"시간이 걸립니다. 지금 마취 침을 찔러놓았으니 한잠 푹 자고 일어날 겁니다."

윤도는 진료실로 돌아와 손을 씻었다. 김 전무가 수건을 건넸다. 궁금함을 참지 못하고 달려온 그였다.

"잘되고 있나?"

김 전무가 물었다.

"첫 시침은 끝났습니다. 첫 치료가 전체 방향을 결정하는 것이니 두고 보면 알겠지요."

"치료비 말일세. 그건 회사에서 부담하겠네."

"왜죠?"

윤도가 물었다. 조금 전과 달리 반듯하게 세워진 시선이었다.

"꼭 스카우트해야 하는 두뇌일세. 호감을 사기 위해서라도……."

"전무님."

"응?"

"제가 녹내장 치료를 잘못한 모양이군요?"

"무슨 말인가? 눈은 잘 보이고 있는데……."

"잘 보이지 않는 것 같습니다. 여긴 제 한의원인데 한의사도 아닌 전무님이 진료비를 거론하시니 회사로 보이는 것 아니겠습니까?"

"……!"

윤도의 말에 김 전무의 피가 굳어버렸다. 그건 의미심장한 말이었다.

"이제 잘 보이십니까?"

"채 실장……."

"저는 지금 의술을 펼치고 있지 스카우트 비즈니스를 하고 있는 게 아닙니다. 그걸 알아주셨으면 합니다."

"……"

"다만 우리나라에 필요한 두뇌라니 중국에 뺏기지 않도록 협조는 하겠습니다. 그러나 그 또한 의술로서입니다."

"……"

"그럼……."

윤도가 돌아섰다. 휘청 흔들린 김 전무가 뒷골을 짚었다. 차차세대를 기약할 수 있는 세계 최고의 두뇌. 그 현안을 앞두고 마음이 급했다. 그렇기에 돌직구를 얻어맞고야 정신 줄이 서는 김 전무였다.

'채 실장… 역시 한 분야의 대가는 다르군. 또 한 수 배웠어.'

벽에 기대선 김 전무의 입에서 한숨이 밀려나왔다.

"아저씨."

약제실로 온 윤도가 진경태를 불렀다. 뤄샤오이에게 필요한 탕약이 있었다.

얼마나 지났을까? 윤도가 다시 침구실의 뤄샤오이에게 다가섰다. 그녀는 여전히 잠들어 있었다. 침을 만져보았다. 혈괴와 암 덩어리들의 힘이 쭉 빠져 있었다. 천천히 침을 뽑기 시작했다. 마지막 장침을 잡을 때였다. 돌연 눈을 뜬 뤄샤오이가 울컥 경련을 했다.

"우에어!"

뤄샤오이가 뭔가를 토해냈다.

"우에에!"

이번에는 더 큰 몸부림이 뒤따랐다.

"우엑, 우억!"

그녀의 입이 열릴 때마다 핏물이 넘어왔다. 혈괴가 녹아난 핏덩이였다.

"닥터, 무슨 일입니까? 문제가 없는 겁니까?"

문밖에서 스떼빤의 소리가 들려왔다.

"치료 중입니다. 문제없습니다."

윤도는 차분했다.

"우어억!"

그 순간에도 뤄샤오이의 입과 코에서는 녹아난 혈괴가 넘어오고 있었다.

"하아……."

뤄샤오이가 늘어졌을 때는 핏덩이가 침대와 상체를 붉게 적신 후였다. 승주가 달려들어 핏덩이를 수습했지만 쉽지 않았다. 결국 뤄샤오이의 몸까지 피로 물들고 말았다.

"견딜 만한가요?"

윤도가 뤄샤오이를 바라보며 진맥했다. 폐에 그득하던 무거움은 가벼워져 있었다.

"기운은 하나도 없는데 몸은 가벼워요."

"폐 안의 암 덩어리를 녹여내서 그렇습니다. 침을 몇 개 더

넣겠습니다. 찌꺼기가 남았네요."

"네. 하아, 하아!"

그녀가 쉰 소리를 밀어냈다.

윤도의 침이 다시 움직이기 시작했다. 수삼리와 천종혈, 전중혈을 잡았다. 종기에 대한 마무리 제압이었다. 합곡과 삼음교도 빼놓지 않았다. 몸에 남은 잉여물을 없애기 위한 조치였다. 혈자리의 침은 여전히 두 개 한 쌍이었다. 부혈을 누르고 진혈을 잡는 것이다.

"어떠세요?"

발침을 하며 뤄샤오이에게 물었다.

"이제는 머리도 가벼워요."

"한잠 더 자세요. 잠이 깨면 최종 마무리를 하겠습니다."

윤도는 침으로 그녀의 숙면을 도왔다.

"……!"

원장실에서 눈을 붙이던 윤도가 잠에서 깨었다. 노랫소리 때문이다. 귀를 기울여야 들리지만 노래가 분명했다. 복도로 나오자 승주가 보였다.

"아직 안 들어갔어?"

윤도가 물었다. 집에 가서 쉬다 오라고 지시한 윤도. 하지만 승주는 윤도의 말을 따르지 않았다.

"저는 괜찮아요. 간만에 나이트 한번 하는 것도 새로운데요?"

승주가 웃었다.

"노랫소리는 어디서?"

윤도가 고개를 들었다. 승주가 침구실을 가리켰다. 뤄샤오이가 누워 있는 그 침구실이었다.

"뤄샤오이?"

"그 남자분이 곁에서 노래를 틀고 있어요. 환자가 좋아하는 노래라고……."

"……?"

정나현의 말이 끝나기 전에 윤도가 문을 살짝 열었다. 정말 그랬다. 스떼빤이 뤄샤오이 옆에 붙어 앉아 머릿결을 고르며 음악을 들려주고 있었다. 낮은 볼륨에 아주 감미로운 음악이었다.

"닥터?"

윤도를 본 스떼빤이 의자에서 일어섰다.

"음악을 들려주었나요?"

"미안합니다. 뤄샤오이가 좋아하는 노래라서 힘이 될까 하고……."

"피곤할 텐데……."

"괜찮습니다. 뤄샤오이가 완치될 수 있다면 몇 날 며칠을 못 자더라도… 실은 프로그램 개발하다 보면 며칠씩 못 자는 건 별것도 아니거든요."

"뭐샤오이를 정말 좋아하는군요?"

"내 가능성을 끄집어내 준 여자죠. 저는 이 생에서는 이 여자만 좋아할 겁니다."

"가능성?"

"고백하자면 사실 저는 거의 쓰레기 인간이었거든요. 뭐샤오이를 만나기 전에는."

스뗴빤이 웃었다. 웃는 얼굴 뒤로 티슈와 물수건이 보였다. 모두 핏물과 땀이 묻었다. 밤새워 뭐샤오이의 얼굴을 닦아준 모양이다. 그렇기에 혈괴를 토한 핏물의 흔적은 거의 찾을 수가 없었다.

"그런 능력자라면 꼭 완치시켜야겠네요."

"부탁합니다."

"그럼 무엇을 해야 할지도 아시겠죠?"

"네, 나가 있겠습니다."

음악이 끝나자 스뗴빤은 바로 자리를 비켜주었다. 윤도가 다시 진맥을 했다. 맥은 한결 더 나아졌다. 하지만 폐포의 사기가 다 사라진 건 아니었다.

'잔재가 더 있었어.'

진맥을 통해 흔적을 찾아냈다. 그렇게 치밀했지만 다 녹지 않은 혈괴들이 있었다. 큰 혈괴 뒤에 있던 작은 놈들이다. 차분하게 장침을 넣었다. 왼쪽 폐에 네 개, 오른쪽에 두 개였다.

박멸.

윤도의 의도는 하나였다.

톡, 토독.

그녀에게 들어간 침을 전부 뽑았다. 그녀는 정신이 돌아와 있었다. 이번에는 심하게 토악질을 하지 않았다. 그저 목으로 넘어온 약간의 핏물이 전부였다. 다시 진맥을 하니 이제는 사기가 보이지 않았다. 뤄샤오이의 폐암에 대한 배수진 공략이 성공을 거두는 순간이었다.

"잠깐!"

핏물을 닦으려는 승주를 윤도가 말렸다.

"그냥 두고 남자분 들어오라고 해줘."

"네."

눈치를 차린 승주가 복도로 나갔다. 윤도도 자리를 비켰다.

"뤄샤오이……."

스뗴빤이 다가앉아 입가에 흐른 핏물을 닦기 시작했다. 스뗴빤에게 기회를 준 윤도였다.

"스뗴빤……."

"안 죽고 살아줘서 고마워."

"나도 노래 고마웠어."

"노래 들었어?"

"응, 아련하게……. 그 노래, 스쩨빤이 틀었지?"

"응."

"자기가 선견지명이 있네."

"뭐가?"

"TS 강연 간다기에 내가 반대했잖아. 그런데 여기 안 왔으면 저 한의사 선생님 못 만났을 거 아냐."

"그러네."

"역시 자기를 만난 건 내 인생 최고의 결정이라니까."

"나도."

딸깍!

두 사람이 손을 잡을 때 윤도가 들어왔다.

"닥터 채."

스쩨빤이 윤도를 바라보았다.

"뭐샤오이의 상태를 묻는 거라면 아주 좋습니다. 한 달 후에 침을 한 번 더 맞고 탕약으로 폐와 신장을 보하면 잘될 걸로 봅니다."

"치료비는 얼마를 내야 합니까?"

"정 실장님."

윤도가 출근한 정나현을 돌아보았다. 그녀가 진료비 정산표를 건네주었다. 받아 든 스쩨빤의 표정이 굳었다. 진료비 청구가 너무나 평범했던 것이다.

"닥터 채."

"문제가 있습니까?"

"그게 아니라 치료비가 너무 적습니다. 이건……."

"한국의 의료법에 의한 계산입니다만."

"그보다 혹시… 닥터 채도 TS전자의 사람이라서?"

"무슨 뜻이죠?"

"TS는 저를 스카우트하려고 혈안이 되어 있죠. 그러니 이 일로 호감을 사서 제 마음을 돌리려는 거라면……."

"그건 몹시 기분 나쁜 말씀이군요."

윤도의 목소리에 날이 섰다. 날 선 목소리가 계속 이어졌다.

"뭘 착각하시는 모양인데 내가 구한 건 뤄샤오이지 당신이 아닙니다."

"……?"

"TS가 원하는 게 뤄샤오이입니까? 그건 아닌 것으로 압니다만."

"……."

"게다가 스카우트는 제 소관이 아닙니다. 저는 다만 아픈 사람을 치료할 뿐입니다. 그러니 괜한 억측은 접으시고 잘 들어주십시오. 당신의 여자 뤄샤오이, 앞으로 적어도 1년간은 저에게 사후 관리를 받으셔야 합니다. 그렇지 않으면 재발의 위험이 있을 수 있습니다."

"……."

"한 달에 한 번씩 들르십시오. 혹시라도 남은 암세포가 있으면 침으로 녹이고 탕제의 처방을 몸 상태에 맞도록 바꿔가야 합니다."

"……."

"질문 있습니까?"

윤도가 스뗴빤과 뤄샤오이를 바라보았다. 윤도의 눈빛은 다정함이 사라지고 의사의 사무적인 눈의 전형을 보는 것만 같았다.

스뗴빤은 아차 싶었다. 잠자는 사자의 코털을 건드렸다는 것을 그제야 깨달았다. 뤄샤오이의 치료는 끝이 아니었다. 그들 말로 하자면 '사후 관리'가 필요했다. 말하자면 칼자루는 윤도의 손에 있었다.

"탕약이 나왔을 테니 받아 가시기 바랍니다. 며칠 동안은 절대 안정하시고 언제라도 몸에 이상이 생기면 전화하시고요."

윤도가 돌아섰다.

"뤄샤오이."

스뗴빤이 뤄샤오이를 바라보았다.

"스떼빤……."

"이건 내 생각인데……."

"내 생각도 그래."

"무슨 생각인지 알아?"

"TS전자……."

"고마워. 잠깐만 기다려 줘."

뤄샤오이의 손을 잡은 스떼빤이 복도로 나왔다. 그는 뒷마당의 김 전무를 향해 걸었다.

"스떼빤."

이 회장과 통화를 하던 김 전무가 돌아보았다.

"나를 스카우트하고 싶다고 했죠?"

"그야 당연하지요."

"아직도 유효합니까?"

"물론입니다."

대답하는 김 전무의 목소리가 떨렸다. 경험으로 보아 이건 좋은 일이 분명했다. 그걸 확인이라도 시켜주듯 스떼빤의 목소리가 감미롭게 흘러나왔다.

"TS가 제시한 스카우트 조건을 받아들이겠습니다."

'채 실장…….'

김 전무의 뇌리에 윤도의 얼굴과 목소리가 벼락처럼 스쳐갔다.

"우리나라에 필요한 두뇌라니 중국에 뺏기지 않도록 협조는 하겠습니다. 그러나 그 또한 의술로서입니다."

의술⋯⋯.

그 승부수가 먹혔다. 머리 좋은 스떼빤에게 의술 프라이드로 승부를 본 것이다.

─당신 여자친구를 살릴 수 있는 건 나야.

윤도가 전하는 메시지는 간결했다. 머리 좋은 스떼빤은 알았다. 뤼샤오이를 살리기 위해서는 이 한의사 곁에 있어야 한다는 걸. 그러자면 한국의 TS에 있는 게 최상이었다.

스떼빤의 자발적인 결정. 치료비 몇 푼 지원하며 마음을 사려던 김 전무와 차원이 다른 공략이었다.

거궐혈.

그걸 찌른 것이다. 스떼빤이 아니라 그 심장에 연결된 또 하나의 거궐혈, 뤼샤오이. 그 명혈이 가져온 쾌거였다.

'과연⋯⋯.'

김 전무가 박수를 치기 시작했다. 스떼빤은 그 박수가 자신을 위한 것으로 알았다. 그렇기에 손을 내밀어 김 전무와 악수를 했다. 하지만 김 전무의 박수는 윤도를 위한 것이었다. 스떼빤의 어깨 뒤 저만치에 윤도가 서 있었기 때문이다.

채윤도.

밤을 건너온 그가 하얗게 빛나고 있었다. 새로 시력을 찾은
눈이라 그런지 더 눈부시게 보였다.

3. 통 큰 보너스

그날 오후, 스떼빤은 TS전자에 입사 서명을 했다. 그의 입사에는 부사장과 김 전무가 자리를 함께했다. 국내외 언론도 취재에 열을 올렸다.

⟨TS전자의 쾌거⟩
⟨향후 10년을 보장받다⟩
⟨글로벌 인재들, TS 유턴 가속화될 듯⟩
⟨인재 블랙홀 중국의 독주를 막다⟩

언론의 몇 가지 타이틀에서 보이듯 스떼빤의 입사는 글로벌 인재 유입 도미노를 낳았다. 많은 인재들이 그의 뒤를 따른 것이다. 그가 TS에 입사했으니 향후의 AI와 IT 시장 역시 TS가 주도하리라는 예측 때문이었다.

─한 사람의 인재가 국가를 먹여 살린다.

그 말을 실감할 수 있는 현장이었다.

"채 실장."

그날 저녁 윤도는 이 회장의 환대를 받았다. 중역 회의실이었다. 부사장 둘과 김 전무에 더해 상무이사 셋까지 배석한 자리였다. 이진웅의 요청으로 응하게 된 강연에 앞선 미팅이었다.

"고맙네."

이 회장이 윤도의 손을 잡았다.

"회사에 기여하게 되어 다행입니다."

윤도가 웃었다.

"이 일이 얼마나 중요한지 채 실장은 잘 모를 걸세. 스떼빤이 중국의 경쟁사로 갔더라면 향후 20년 계획을 다시 짜야 할 판이었네."

이 회장은 굉장히 고무되어 있었다.

"회장님의 인복입니다."

"아닐세. 채 실장의 출중한 의술이 없었다면 우리가 무엇으로 스떼빤의 마음을 잡았겠는가? 그가 우리 TS로 마음을 돌린 건 오로지 채 실장 덕분이네."

"그렇게 말씀해 주시니 고맙습니다."

"김 전무, 마무리를 하시게."

'마무리?'

윤도가 김 전무를 돌아보았다. 김 전무가 자리에서 일어섰다.

"우선 회장님 이하 존경하는 중역 여러분."

김 전무는 만면에 미소를 머금은 채 말을 이어나갔다.

"솔직히 이번 스떼빤 건의 과실은 저도 슬쩍 따 먹은 셈임을 고백하고자 합니다."

"과실을 김 전무가 따 먹어?"

부사장이 고개를 들었다.

"스떼빤의 스카우트가 비단 제 소관이라서가 아닙니다. 실은 채 실장, 스떼빤에게만 의술을 보여준 게 아니었습니다."

"김 전무?"

"이거… 제 진단서입니다."

김 전무가 진단서 사본을 돌렸다. 실명에 가까운 한쪽 눈의 진단서였다.

"……?"

이 회장부터 소스라쳤다.

실명(失明).

그러나 그 어느 중역도 몰랐던 일.

"제 실명은 선은 넘은 상태였습니다. 물론 여러분은 누구도 몰랐을 겁니다. 정기 신검 때마다 지인 의사의 병원을 찾아가 비밀로 해달라고 청탁을 했으니까요."

"김 전무……."

이 회장의 시선이 복잡하게 변했다. 자신의 최측근이자 TS의 심장으로 상징되는 김 전무였다. 그런데도 감쪽같이 몰랐던 이 회장. 무심함에 대한 미안함이 겹치며 머릿속이 아찔해졌다.

"물론 제 불찰입니다. 진짜 프로라면 몸을 잘 관리해야 했거늘 이런저런 이유로 소홀하다가 된서리를 맞은 거니까요. 해서 실은 낙향해 텃밭이나 가꿀까 하고 퇴사 시기를 엿보고 있는 차였는데 이번에 채 실장 덕분에 잘릴 신세를 면했습니다."

"못난 사람, 고칠 생각을 안 하고 회사 떠날 생각을 했단 말인가?"

이 회장의 불호령이 떨어졌다.

"죄송하지만 눈이라는 게 한번 어두워지면 영영 돌아오지 않는 법이니까요."

"허어."

"해서 이 자리를 빌려 커밍아웃을 하고 제 눈의 시력을 되찾아준 채 실장에게 감사를 전하는 바입니다."

김 전무의 시선이 윤도를 향했다. 윤도는 정중한 고갯짓으로 칭찬을 받았다.

"어떻습니까, 회장님? 저 이제 안 잘려도 되는 거죠?"

"예끼, 이 사람. 괘씸해서라도 잘라야겠네. 그 주머니에 사표 들었걸랑 당장 제출하시게."

이 회장이 김 전무의 조크에 장단을 맞추자 일동이 함께 웃었다.

"그럼 사표는 면한 것으로 하고 계속하겠습니다. 스떼빤 스카우트는 주지하다시피 우리 TS 사운이 걸린 일 중 하나였습니다. 여기 송 이사가 전면에 나서서 총력전을 펼쳤지만 실패 직전이었습니다. 중국의 배팅이 너무 큰 까닭에 우리에게 절대 불리했으니까요. 그 극적 반전을 이루어낸 게 여기 채 실장이죠."

김 전무의 손이 윤도를 가리켰다.

짝짝!

가벼운 박수가 나왔다.

"지난번 중국의 허가 때도 그랬지만 이번에도 저는 채 실장에게 한 수 배웠습니다. 정도 말입니다. 오직 정도로서 승부수를 띄우는 채 실장의 모습은 제 안에 깊은 울림으로 남았습니다."

"……."

"처음에는 다소 서운했지만 우리 TS의 경영 이념과 딱 맞은
신념이라는 생각이 들자 전율이 오더군요. 희망은 그때부터
싹이 텄습니다."

"……."

윤도는 계속 경청했다.

"결론적으로 우리는 이번 스떼빠 스카우트 프로젝트에 성
공하게 되었습니다. 중국 지사의 보고를 보자니 중국 쪽은 패
닉에 빠졌다고 하더군요. 그들은 승부가 났다고 생각한 눈치
였습니다. 해서 마무리를 짓자면 이 프로젝트의 예산이 40억
원이었는데 몇 억을 제외하고 고스란히 남았습니다. 본시 원
하던 목적을 이루었으나 정작 그 목적을 이루게 한 사람에게
는 예산을 배정하지 못했지요. 해서 남은 예산은 채 실장에게
성과급으로 지급하는 게 옳다고 생각하는데 회장님의 재가를
바랍니다."

"……!"

듣고 있던 윤도가 벼락처럼 고개를 들었다. 듣자 하니 40여
억 원에 가까운 돈을 윤도에게 주자는 것이었다.

"전무님."

윤도가 당황스러운 표정을 지었다.

"부연하자면 세계적인 인재 스카우트 에이전시가 있는데 그들의 성공 보수 요구액은 500만 불이었네. 채 선생에게 40억을 주어도 우린 약 11억이 이익이지. 그리고 한 가지 유념해 주었으면 하는데, 미안하지만 여기는 한의원이 아니라 경영 의사를 결정하는 자리라네."

김 전무가 주의를 환기시켰다. 한의원에서 윤도가 한 행동을 상기시킨 것이다.

—여기서는 내가 갑이야.

김 전무의 애정 어린 반격이었다.

"그 방법은 썩 내키지 않는군."

집중하던 이 회장이 고개를 저었다.

"회장님."

재가를 확신하던 김 전무의 미간이 구겨졌다.

"채 실장 말이야, 내가 알기로는 돈에 꽂힌 의사가 아니거든. 그러니 현금으로 주면 받을 리가 없어요. 또 기부를 할지 모르니 주식으로 대체하는 게 어떨까?"

"회장님!"

"뭐 안 받는다고 하면 아예 동전으로 바꿔놓았다가 강연 끝나고 나오시면 차에다 실어드리시게나."

이 회장이 쐐기를 박았다. 미팅은 그것으로 끝이었다.

"전무님, 이건… 이런 자리인 줄 알았으면 오지 않았을 겁니다."

미팅이 끝나자 윤도가 볼멘소리를 했다. 이 회장과 부사장단이 먼저 나간 후였다.

"그럼 나는 동전으로 40억을 바꿔서 한의원 진료실에 부어놓을 걸세."

"전무님."

"아무 소리 말고 받으시게. 채 실장은 우리 TS뿐만 아니라 이 나라에 애국한 거야. 이건 솔직히 정부 지원까지 받고 있던 일이라네."

"예?"

"그만큼 국가적인 대사였다는 말이네. 스뻬빤 한 사람이 적어도 10만 명 이상의 고용 효과를 낼 수 있으니까."

"……"

"그러니 회장님 뜻에 따라주시게. 솔직히 회사도 낯짝이 있지. 채 실장이 이뤄놓은 과실을 달랑 따 먹기만 할 수는 없지 않나?"

"하지만……"

"그리고 이건 개인적인 부탁인데… 주식 팔아서 기부하지는 말기 마라네. 기부는 아름답지만 좀 더 높은 꿈을 이룬 후에 해도 늦지 않아. 참고로 빌 게이츠도 채 실장 나이에는 기부광이 아니었다네."

"……."

"가세. 강연 시간이네. 아, 그리고 강연 후에 회장님이 식사 대접을 하시고 싶다는군. 나도 모처럼 두 눈 뜨고 만찬 한번 즐기게 되었네. 그동안 젓가락질 초점이 잘 안 맞아 먹는 일마 저도 무척 힘들었거든."

김 전무가 윤도의 등을 밀었다.

"채 실장님."

복도로 나오니 이진웅이 인사를 해왔다. 강연은 그가 주관 하는 까닭이다.

짝짝짝!

강당에 들어서자 TS의 임직원들이 기립 박수를 쳤다. 그럴 수밖에 없는 분위기였다. 웬만한 강사가 와도 참석하지 않던 이 회장까지 참석한 것이다. 그렇기에 부사장단과 임원들도 빼곡하게 자리를 잡고 있었다.

"여러분, 오늘 우리 TS는 세계 기업사에 남을 만한 역사를 썼습니다. 여러분도 알다시피 스떼빤이라는 세계 최고의 인재 를 품에 안은 겁니다. 박수로 환영해 주십시오."

이진웅이 입구를 가리켰다. 거기 스떼빤이 등장하고 있었 다. 스떼빤은 강단으로 올라와 윤도에게 꽃다발을 안겨주었 다.

"존경하는 임직원 여러분, 세계 최고의 기업 TS에서 일하게 된 것을 영광으로 생각합니다. 그러나 제 결정의 발단은 닥터 채윤도였습니다. 그의 강연이라기에 기꺼이 참가하게 되었습니다. 고맙습니다."

"와아아!"

스떼빤의 인사가 끝나자 임직원들이 일대 환호를 했다.

"채윤도입니다."

이제 윤도가 마이크를 잡았다. 실내는 언제 그랬냐는 듯 정숙하게 변했다. 윤도가 가만히 강당을 바라보았다. 아치형으로 만들어진 강연장은 대만원이었다. 많은 좌석으로도 모자라 통로 쪽의 복도에도 직원들이 빼곡히 서 있었다. 이진웅의 말로는 창사 이래 최고의 호응이라고 했다.

강연.

그것도 세계적 기업인 TS의 두뇌들을 상대로 하는 강연.

예전이라면 그 중압감만으로도 주저앉았을 일이다. 그렇기에 살짝 부담도 된 윤도였다. 그런데 참 이상했다. 막상 자리에 서니 담담했다. 크게 부담스럽지도 않았다.

"제가 한의사가 된 것은……"

마침내 윤도의 강연이 시작되었다. 꾸미지 않았다. 처음 한의대생으로 실습을 나가 버벅거리던 민낯을 고스란히 보여주었다. 임직원들이 집중하기 시작했다. 이야기가 차츰 중증 질환과 암 치료 등으로 깊어가자 실내는 열기로 가득 찼다.

―여객선 침몰의 심장마비 사건.

―광희한방대학병원에서의 암 치료 도전기.

―무데뽀 진격으로 이루어낸 신약 개발과 바이마크사 계약 건.

―국민 영웅 손석구의 실명된 두 눈 치료.

―나아가 스떼빤의 여자친구 폐암 치료.

윤도는 쉬지 않고 달렸다. 하나의 보탬과 과장도 없었다. 시침을 하는 동안 무수히 좌절하고 갈등하면서도 포기하지 않고 개선해 나간 침술 비기, 매 순간마다 환자들과 함께 호흡하며 환의일체(患醫一體)를 이루려고 한 일침즉쾌의 신념을 가득 펼쳐 보였다.

하나의 장침으로 안 되면 두 개, 두 개가 아니면 세 개.

장침만으로 안 되면 망침, 망침으로도 안 되면 약침.

불굴의 과정이 소탈하게 전개되었다.

짝짝짝!

강연이 끝나자 강연장은 박수의 바다를 이루었다. 시작은 직원들이었다. 특히 젊은 직원. 그들의 박수가 뜨거워지고서야 이 회장이 일어났다. 그 역시 기립 박수였다. 사실 이 회장은 내내 박수를 참고 있었다. 먼저 박수를 치면 직원들의 반응을 알 수 없는 까닭이다. 강연은 임직원을 위한 것. 그렇기에 이 회장은 분위기를 주도하지 않았다.

"회장님."

벅찬 가슴의 김 전무가 이 회장을 바라보았다.

끄덕.

이 회장이 고개를 끄덕거렸다. 공감의 표시였다.

세계 최고의 두뇌 스떼빤.

오늘 이 회장이 만난 세계 최고는 스떼빤만이 아니었다.

이미 의술의 일가를 이룬 윤도. 그럼에도 쉼 없이 진격하는 채윤도. 이 박수는 그 진취성에 보내는 응원이었다.

4. 일본 방사능 피폭 비밀 프로젝트

이틀 후, 윤도는 뤄샤오이를 진료했다. 그녀의 폐는 이제 평온해지고 있었다. 함께 온 스쩨빤이 소식 하나를 전해왔다.

"뤄샤오이도 TS에서 함께 근무하기로 했습니다. 물론 닥터 채가 일해도 좋다는 오케이 사인을 내리는 날부터요."

"흐음, 그럼 발령을 제가 결정하는 겁니까?"

윤도가 웃었다.

"김 전무님도 허락하시더군요. 앞으로 전자 결재는 닥터 채에게 연결해 두어야겠습니다."

"그럼 일이 효율적이지 않을 텐데요? 저는 아날로그형이라

침놓는 데 바빠서 전자 결재 잘 안 하거든요."

"뭐 그렇다면 제가 결재 판을 들고 오도록 하죠."

스떼빤도 웃었다. 그는 이제 누구보다 윤도에게 호의적이었다.

"닥터 채."

듣고 있던 뤄샤오이도 대화에 끼었다.

"말씀하세요."

"중국의 저희 외삼촌께서 닥터 채가 보고 싶어 죽겠대요. 제가 보낸 진료 자료를 보고 뻑 갔다네요. 신비한 한국의 침술을 배우고 싶다고……."

"아직은 그럴 만한 그릇이 못 된다고 전해주세요."

"아니에요. 제 MRI하고 영상 자료를 다 보내 드렸는데 믿을 수 없는 일이라며 닥터 채 옆에서 떨어질 생각 말라고 하더라고요. 제 목숨을 좌지우지할 사람은 염라대왕이 아니라 닥터 채라고……."

"아무튼 잘 참아주셔서 고맙습니다. 그 말밖에 드릴 말씀이 없습니다."

"우리 외삼촌 초대는요? 이거 농담이 아니거든요."

"뭐 같은 한의사로서 교류를 하는 건 찬성합니다. 보여 드릴 건 없지만 언제든 모셔오세요."

"와우, 고맙습니다, 닥터 채."

―원장님!

대화하는 사이에 승주의 인터폰이 들어왔다.

"말해요."

―손님이 오셨어요.

"아, 알겠습니다."

윤도가 인터폰을 끄자 눈치를 차린 스뗴빤과 뤄샤오이가 일어섰다.

"이거……."

가방을 챙긴 뤄샤오이가 카드 하나를 내밀었다. 영문과 중문, 한글로 된 청첩장이었다.

"일이 이렇게 되다 보니 결혼 장소도 바꾸었어요. 결혼식을 한국에서 올릴 예정인데, 닥터 채, 꼭 와주실 거죠?"

"가야죠. 두 분의 초대라면."

윤도의 대답은 기꺼웠다.

두 사람이 나가고 치매 환자를 받았다.

치매.

윤도의 두 번째 신약 목표였다. 그렇기에 학문적인 접근도 함께하고 있었다. 논문까지 고려하는 것이다. 이미 광희한방 대학병원과 SS병원의 협력도 약속되었다. 나아가 SS병원 이철 중의 배려로 SS병원과 쌍벽을 이루는 JJ병원의 신경정신과 협력도 내락이 된 상태였다. 그들로서도 손해 보는 일이 아니기 때문이다.

목표.

그건 정말 아름다운 이름이었다. 또 하나의 목표가 생기자 일이 더 즐거워진 윤도였다.

진맥과 혈자리, 약침의 반응 과정 등을 꼼꼼히 체크했다. 치료 전후의 뇌 영상과 호르몬 변화도 함께 추적하기 시작했다. 윤도에게도 공부가 되니 더 좋았다.

치매 환자 시침이 끝나자 승주가 들어왔다.

"손님 오셨다면서?"

"그런데……."

"왜? 문제가 있어?"

"그게 아니라… 환자가 아니고 일본 사람들이에요."

"일본 사람?"

"들여보내요?"

"무슨 일인지는 모르고?"

"그냥 아주 중요한 일이라고… 실은 온 지 두 시간도 넘었어요. 진료가 바쁘면 퇴근 때까지라도 기다리겠다고 하는데 한국말을 잘해요."

"들어오게 해. 그렇게 오래 기다렸다면 만나는 봐야지."

윤도의 지시가 떨어졌다. 원장실에 들어선 사람은 30대의 남자와 여자로 와타루와 치모모였다. 둘은 알이 큰 선글라스로 얼굴을 가렸다. 승주의 말대로 환자가 아니라 공무원이나 기관원 각이었다.

"어떻게 오셨는지요?"

윤도가 물었다.

"채윤도 선생님, 처음 뵙겠습니다. 저희는 일본 정부의 요청을 전하러 왔습니다."

와타루가 고개를 조아리며 답했다.

'일본 정부의 요청?'

느닷없는 말에 윤도의 시선이 솟구쳤다.

일본 정부.

그 말이 윤도의 귓전을 울렸다.

"일본 정부가 무슨 일로?"

윤도가 눈빛을 세웠다.

"미나토 씨를 기억하시는지요?"

미나토.

미우의 할아버지 이름이 나왔다.

"압니다만."

"그분의 피부암을 치료하셨죠?"

"예."

"일본으로 돌아오신 미나토 선생께서 일본 칸치병원에서 피부암 검사를 받았습니다. 기적에 가까운 회복을 일본 의료진이 확인했습니다."

"……."

"해서 일본 보건성을 위시한 대책 기구에서 긴급회의를 연바, 채윤도 선생님을 본국으로 모셔 항암 침술을 부탁하고자 저희를 파견하게 되었습니다."

"항암 침술이라고요?"

"그렇습니다."

"그럼 일단 선글라스부터 벗는 게 예의 아닐까요?"

"아, 죄송합니다."

두 사람이 선글라스를 거두었다.

"당신들은 어느 부처 소속이죠?"

"여기 저희의 신분증이 있습니다."

두 사람이 동시에 신분증을 꺼내놓았다.

"이거 카피를 해도 확인을 좀 해야 해서……."

"가능합니다. 하지만 당장은 대외적으로 공개하지 않았으면 합니다."

"그건 또 왜죠?"

윤도가 눈빛을 세웠다.

"왜냐하면 성급한 기사가 앞서 나가면 계획에 차질이 있을 수 있기 때문입니다. 게다가 혹시 혼선이라도 생기면 환자들에게 절망이 될 수 있고……."

"환자들?"

"이야기가 좀 긴데 말씀을 드려도 될까요?"

와타루가 윤도를 바라보았다. 윤도는 시계로 시선을 돌렸다. 아직은 때가 아니었다. 오늘 예약한 환자가 셋이나 남아 있었다. 더구나 이들의 신분도 확인해야 했다. 일본 정부에서 왔고, 신분증을 가지고 있다지만 워낙 사기꾼이 많은 세상이었다. 자칫하면 이상한 일에 휘말릴 수도 있었다.

"예약 환자가 있습니다. 괜찮으면 진료 시간 후에 보도록 하죠."

"알겠습니다. 기다리고 있겠습니다."

두 일본인은 정중하게 인사를 하고 나갔다.

'일본 정부?'

윤도가 둘의 신분증을 바라보았다. 한문을 잘 아니 대충 읽을 수는 있지만 일본어는 제대로 배우지 못했다. 이들의 신분을 확인하려면 누군가에게 부탁해야 한다. 궁리 속에 떠오른 사람은 용천규였다. 미안하지만 신세를 지기로 했다.

이어진 환자는 지독한 좌골신경통 환자였다. 진통제를 먹어도 왼쪽 다리가 터져 나갈 것 같은 통증을 가진 환자. 더구나 나이도 젊었다. 오랜 날을 시달리면서 몸은 야윌 대로 야위었다. 그는 침구실 침대 위에 간신히 누웠다. 하지만 장침 세 방으로 자유의 몸이 되었다. 윤도의 선택은 환조혈과 풍시혈이었다. 풍시혈은 아문혈처럼 주의를 요한다. 그 또한 자칫하면 연수를 찌를 수 있는 까닭이다. 하지만 윤도의 신침에는 문제가 되지 않았다. 그것으로도 통증이 남자 신문혈을 찔렀다. 진맥에 잡힌 이상(異狀) 혈자리의 하나였다.

"아흐!"

침을 뽑자 청년이 한숨을 토했다.

"어때요?"

"하나도… 하나도 안 아파요."

침대에서 내려선 청년이 다리를 디디며 대답했다.

"탕약 받아 가서 잘 복용하세요. 몸이 젊으니까 탕약만 잘 맞춰 먹으면 다시 재발하지 않을 겁니다."

"고맙습니다!"

청년은 침구실이 떠나가라 큰 소리로 인사하고 나갔다.

"……!"

원장실로 옮겨와 전화를 받은 윤도가 고개를 갸웃거렸다. 용천규의 전화였다.

"정부 부처는 부처인데 특별위원회 소속이라고요?"

—그러하네. 외교부까지 체크하면서 알아봤는데 원래는 내각총리실 소속 직원들, 지금은 후쿠시마 원전 사고 특별위원회 소속이더군.

"신분은 확실하다는 말씀이군요?"

―뭐 그렇다고 봐야겠지. 그런데 진료를 의뢰하러 왔다고?

"그렇다고 하는데 아직 자세한 이야기는 나누지 않았습니다."

―그럼 방사능 문제일 가능성이 크겠어.

'방사능?'

―그들이 속한 위원회가 후쿠시마 원전 피해자 관리를 맡고 있더군. 채 선생 침술과 매칭해 보니 방사능에 노출된 사람들 치료를 부탁하려는 게 아닐까 싶네만……

"얼핏 항암이라는 말을 들었습니다만."

―아무튼 이제 국제적 명의로 등극하셨구만.

"별말씀을……"

―아, 우리 지검장님이 그러시는데 언제 식사 한번 대접하고 싶다더군.

"아들은 어떤가요?"

―치료 효과가 100%라고 하시네. 요즘 살맛 난다고 칼퇴근이셔.

"다행이군요. 신분 조회 감사합니다."

윤도가 전화를 끊었다. 두 일본인이 일단 수상한 사람은 아님을 확인했다.

저녁 무렵, 윤도는 다시 와타루와 치모모를 맞이했다. 이번에는 진료를 끝내고 평안한 상태였다.

"시간을 내주셔서 감사합니다."

두 일본인은 여전히 깍듯한 인사를 잊지 않았다.

"이건 돌려 드립니다. 두 분이 일본 정부에서 일하는 거, 틀림이 없더군요."

윤도가 신분증 사본을 건네주었다.

"채 선생님."

와타루가 자리에서 일어섰다. 그는 꾸벅 허리를 접더니 말문을 이었다.

"지금 우리 정부는 미나토 선생의 회복에 엄청난 희망을 걸고 있습니다. 부디 저희의 요청을 받아주십시오."

"이제 바쁘지 않으니 천천히 말씀해 보시지요."

"사안은 미나토 선생과 같습니다. 아시겠지만 일본은 아직 후쿠시마 원전의 방사능 누출로 신음하는 사람이 많습니다. 그중에는 미나토 선생처럼 중증 암 환자도……."

"……."

"그분들은 일본 의료진으로는 어쩔 수 없는 환자들입니다. 그렇기에 희망을 접고 목숨이 다하는 날을 기다리고 있었지만 이번 쾌거로 그들에게도 희망이 생겼습니다. 그러니 며칠만 시간을 내주셔서 그들의 절망을 희망으로 바꾸어주셨으면 하는 요청을 드리러 급거 입국하게 되었습니다."

"암 환자들인가요?"

"대개는 그렇습니다."

"몇 명이나 되죠?"

"……"

윤도의 질문에 와타루가 주춤거렸다. 뭔가 사연이 있는 눈치였다.

"저는 한의사입니다. 제 진료와 치료가 필요하다면 있는 그대로 말씀해 주시기를 바랍니다."

윤도의 목소리에 힘이 들어가자 일본인은 잠시 생각 끝에 말을 이었다.

"사실 채 선생님의 치료가 필요한 사람은 많습니다. 하지만 그 모든 사람을 다 부탁할 수 없기에 우리 정부에서 우선순위를 매겨 몇 분 선발하게 되었습니다. 물론 그 모든 것은 선생님의 진료 허락을 전제로 합니다만."

"그 우선순위의 환자가 몇 사람입니까?"

"여섯 사람입니다."

"여섯 명……"

"부탁합니다. 미나토 선생처럼 우리 정부가 꼭 살려야 할 인재들입니다."

"부탁합니다."

와타루에 이어 치모모도 윤도의 앞에 무릎을 꿇었다.

"왜 이러십니까?"

놀란 윤도가 둘을 말렸다.

"저희는 일본을 떠날 때부터 사명을 부여받았습니다. 채 선생님을 모셔오지 못하면 한국에서 망부석이라도 되라는……."

"……."

"이렇게 부탁합니다. 치료비는 원하시는 대로 지불될 겁니다. 한 사람당 일억 엔을 달라고 해도 지불하겠습니다. 그 이상이라고 해도 가능합니다."

일억 엔.

약 10억이다.

"환자도 보지 않고 치료비를 논하지는 않습니다."

윤도가 선을 그었다.

"선생님의 고명한 의술은 익히 알고 있습니다. 참으로 실례했습니다."

"환자들 자료는 가지고 오셨습니까?"

"여기… 개별 진단서와 치료 일지, 그리고 최근 사진입니다."

"최근 사진만 주세요."

윤도가 정리를 했다. 와타루가 PDA를 열었다. 화면에 환자들이 나오기 시작했다. 모두 여섯 사람으로 다들 나이가 지긋해 보이는 황혼이었다.

사진은 참혹했다. 거의 미나토급이었다. 행태는 다양했다. 집에 있는 사람, 병실에 있는 사람……. 하지만 그들의 얼굴에는 공통적인 단어 하나가 그려져 있었다.

풍전등화!

그 목숨이 바람 앞의 등불인 것이다.

"질문 있습니다."

사진을 본 윤도가 고개를 들었다.

"말씀하십시오."

"왜 접니까?"

윤도가 돌직구를 날렸다. 한복판이었다.

"예?"

"왜 저냐고 묻고 있습니다. 당신들 정보망이라면 미국이나 독일, 중국 쪽 의료 기관의 명의 타진도 가능할 텐데……."

"솔직히 말씀드리자면 세계적인 암센터와 미국 해군병원의 암 전문가까지 모두 타진을 해보았습니다. 미국의 텍사스대학 앤더슨 암센터, 뉴욕 메모리얼 케터링 암센터, 존스 홉킨스, 메이요 클리닉, 워싱톤대학 메디컬센터, UCLA 메디컬센터, 듀크대학 메디컬센터… 심지어는 중국 상해와 베이징의 최고 침술 중의들까지… 그 타진 중에는 채 선생님이 고친 미나토 선생 의뢰도 포함이었습니다."

"다들 거절했나요?"

"저희는 최고의 조건을 제시했습니다. 하지만 세계적인 병원 모두 손쓰기에 늦었다는 소견이었습니다."

"……."

"채 선생님이 거절하시면 그들 여섯 분은 차례로 죽습니다. 우리 정부는 그들을 살려 방사능 폭로의 절망에 대한 희망의 아이콘으로 삼으려는 겁니다. 부디 인도적인 차원에서 수락 해 주십시오."

"내가 가도 한 사람도 못 살릴 수도 있습니다."

"알고 있습니다. 하지만 단 한 사람만 살아도 우리 위원회 는 선생님의 은혜를 잊지 않을 겁니다."

"난감하군요. 이 정도 상태라면 당장 날아가야 한다는 건 데……."

"결정만 하시면 당장이라도 JAL기 일등석을 마련하겠습니 다."

"주말에 가도 되겠습니까?"

"그렇게만 해주신다면……."

두 일본인이 동시에 고개를 숙였다.

"주말 아침에 출발하죠. 치료 조건 같은 건 환자들을 보고 결정하겠습니다."

"고맙습니다. 고맙습니다."

일본인들은 로봇처럼 같은 인사를 반복했다. 어찌나 심한 지 윤도가 말리고서야 인사가 끝났다.

"일본 정부에서 의뢰가 왔다고요?"

윤도가 약제실을 찾자 진성태가 물었다.

"방금 사람들이 다녀갔습니다."

"일본이라……."

"어떻게 생각하세요?"

"글쎄요… 아무래도 미나토 씨 때문인 것 같군요. 그 사람이 일본에 미치는 영향력이 막강한 데다 원장님이 감쪽같이 낫게 해주었으니……."

"가야겠죠?"

"원장님 성격에 그래야겠지요. 더구나 환자들 목숨이 풍전등화라면서요."

"자칫하면 며칠 걸릴 수도 있으니 그렇지요."

"그렇군요. 이럴 때는 원장님 몸이 두 개면 좋은데… 이참에 아예 몸을 음양으로 나누시죠."

"하핫, 그럼 음양 분리는 아저씨가 원심분리기에 넣어 해주시겠어요?"

윤도가 장단을 맞췄다.

"그냥 토요일과 일요일, 이틀에 끝내고 오시면 좋기는 한데… 약침 준비해 드려요?"

"으음, 가지 말라는 듯하면서 아예 등을 떠미시는군요."

"그래달라고 온 거 아닙니까?"

"어휴, 아저씨는 관상을 너무 잘 본다니까요."

윤도가 손사래를 쳤다.

후쿠시마 원전.

지구 재앙의 하나였다. 윤도의 기억은 그랬다. 그때 방사능에 피폭된 사람들은 평생 질병 걱정으로 살아야 했다. 인류애의 입장에서 본다면 의술을 거부할 수 없는 일이다. 입장을 바꿔 그들이 된다면 한의사의 사명이 되는 것이다.

집으로 돌아와 환자들의 병명을 상기했다.

Cancer.

병명의 줄기는 거의 같았다. 피부암이 둘에 폐암과 비강암, 그리고 췌장암, 마지막은 위암이었다.

"간호사가 한 명 동행합니다. 토요일 빠른 비행기로 부탁합니다."

윤도는 결국 와타루에게 전화를 걸었다. 감격한 그의 인사는 전화기 속에서도 무한 반복되었다. 별수 없이 윤도가 먼저 전화를 끊었다. 동행은 승주로 결정했다. 연재는 아기가 있는 데다 승주가 일본어를 할 줄 아는 까닭이다.

"와아, 해외 출장까지 가게 되다니… 저 일본 초밥과 라멘 완전 좋아해요."

승주는 펄쩍 뛰며 좋아했다.

목요일, 금요일.

이틀 동안 산해경으로 영약 채집을 나갔다. 그러나 법제에 시간이 걸리는 건 소용이 없는 일. 간편하게 쓸 수 있는 웅황과 또 하나를 확보했다. 웅황부터 찾은 건 미나토 때문이었다. 그에게 적유를 썼지만 웅황이 아쉬웠다. 웅황이라면 독소를 없애주는 축빈혈을 생략해도 될 것 같았다. 방사능도 독으로 봐야 하니까.

금요일, 윤도는 아침부터 바빴다. 예약 환자들의 스케줄을 당겼다. 만약을 위한 조치였다.

그리고 마침내 토요일 아침.

와타루와 치모모가 새벽부터 윤도를 찾아왔다. 약침을 챙긴 윤도가 승주와 함께 장도에 올랐다.

인천공항은 복잡했다. 입국장 앞에 사람들이 많았다. 지나면서 보니 위안부 문제로 항의차 나온 사람들이었다. 일본 정치인이 문제였다. 위안부에 대해 망언을 한 사람이었다.

위안부.

그 광경을 보자니 돌연 진료 의욕이 뚝 떨어졌다. 하지만 윤도가 구하러 가는 건 그저 환자. 전쟁 중에는 적군이라도 부상자를 치료하는 것이니 그것으로 위안을 삼았다.

"위안부 망언 타쿠미 물러가라! 물러가라!"

일본 정치인이 나오자 시위대가 목청을 높였다. 탑승 시간이 가까웠으므로 더는 보지 못하고 출국 심사를 받았다. 가만히 돌아보니 와타루가 시위대를 바라보고 있었다. 양심은 있는지 표정이 제법 착잡해 보였다.

탑승을 하고 두 시간쯤 지나자 도쿄가 가까웠다. 착륙 방송이 나왔다.

[레이디스 앤 잰틀맨……]

비행기를 타면 이 방송이 가장 반갑다. 목적지에 다다랐다는 사인이기 때문이다.

중국에서 나올 때 그랬듯이 일본에서도 절차 없이 입국했다. 공항을 나가는 곳도 달랐다. 청사를 나오자 차량 두 대가 보였다. 그중 한 대 앞에 낯익은 얼굴이 보였다. 미나토였다.

"채윤도 선생님."

그가 손을 들어 보였다.

"여긴 어떻게……?"

"제가 일본으로 돌아와 피부암 퇴치 확인을 받은 후 정부 부처 인사들에게 요청했습니다. 후쿠시마 원전 사태로 목숨이 위태로운 우리 국민들 살려줄 신의가 한국에 있다고."

"아!"

"인사하시죠. 여긴 국가특별위원회 의장이신 무라다입니다."

미나토가 옆 사람을 소개했다. 장년의 무라다는 작은 키에 도수가 높은 안경을 끼고 있었다.

"이렇게 모시게 되어 영광입니다, 채윤도 선생님."

무라다가 허리를 숙였다. 윤도도 그와 각도를 맞춰 인사를 나눴다. 그의 한국어는 인사말뿐이었다.

"타시지요."

미나토가 차를 가리켰다. 윤도는 승주를 데리고 차에 올랐다.

"지금 우리 정부 각료들은 제 피부암 완치에 무척 고무되어 있습니다. 지금 암 전문 칸치병원에서 정부 관리들이 선생을 기다리고 있을 겁니다."

'정부 관리들이?'

윤도가 고개를 들었다. 뉘앙스가 하급 관리는 아닌 것으로 보였다. 어쩐지 이 일이 보통 일 같지 않다는 느낌이 들었다.

차가 한참을 달려 병원 앞에 닿았다. 시설이 좋은 병원이지만 보안이 심해 갑갑하다는 생각이 들었다.

"여깁니다."

2층 복도를 앞서 가던 와타루가 문을 가리켰다.

딸각!

문이 열리자 안의 풍경이 드러났다. 병실이 아니라 회의실이었다. 안에는 병원장과 의사 둘, 세 명의 고관대작이 자리를 잡고 있었다.

"어서 오십시오, 미나토 선생님."

선이 굵은 남자가 일어나 미나토를 맞았다.

"이분이 바로 채윤도 선생이라오, 슈스케 보좌관."

미나토가 윤도를 가리켰다.

슈스케.

미나토를 고친 절에서 들은 이름이다. 그는 일본 내각총리실의 특급보좌관. 총리실 다섯 보좌관 중에서도 총리와 독대하며 정책을 판단하는 실세였다. 하지만 윤도는 그 안으로 들어가지 않았다.

"와타루."

"예?"

고개를 드는 와타루의 눈에 윤도의 눈이 빨려 들었다. 묵직한 기상이 서린 눈이었다.

"저는 환자를 보러 왔습니다. 환자가 우선입니다."

"채 선생님."

와타루의 눈이 휘둥그레졌다. 지금 안에서 기다리는 사람들은 일본 정부의 고관대작들. 그런 그들을 목전에 두고 윤도가 뱃머리를 돌리자는 꼴이었다.

"이분들은 내각총리실의 슈스케 보좌관님과 보건성의 타다요시 차관님, 그리고 우리 특별위원회의 고문님입니다. 그리고 이 병원 원장님과 진료부장, 대표주치의… 일단 여기서 이분들의 말을 들은 후에……"

"와타루."

"예?"

"환자들의 생명이 백척간두에 서 있다고 하지 않았습니까?"

"그렇습니다만……."

"그렇다면 환자를 봐야 대책이고 상의고 할 것 아닙니까? 안내를 부탁합니다."

윤도가 잘라 말했다. 윤도의 머리에 와글거리는 건 여객선 사고 후 갈매도에 찾아온 관계자들이었다. 윤도는 여기 놀러 온 게 아니었다. 오나가나 높은 공무원이나 절차는 번거로울 뿐. 더구나 일본 정부의 고관대작들과 격식 갖춘 대화로 시간을 허비할 생각은 없었다.

"환자!"

윤도가 한 번 더 강조하자 고관대작들의 눈에도 당혹감이 스쳐 갔다.

침묵.

따가운 침묵이 이어졌다.

그러다 슈스케의 입이 열렸다.

"모시게."

굳은 목소리였다.

와타루는 꾸벅 고개를 숙이고 다시 앞장을 섰다.

저벅저벅!

윤도의 발소리를 따라 회의실이 멀어졌다.

"여기들 계십니다."

와타루가 병실 하나를 가리켰다. 다른 병실에 비해 보안이 더 엄격한 VIP 병실이었다.

안으로 들어섰다. 병실 풍경은 아주 색달랐다. 마치 국가 요인들의 병상 같았다. 여섯 개의 침대마다 각각의 간호사가 붙어 있고 레지던트로 보이는 의사 둘이 대기 중이었다. 그들은 거의 부동자세였다.

그것 외에도 이상한 점이 보였다. 어쩐지 상설 병실은 아닌 것 같다는 것. 게다가 환자 침대에 네임 카드조차 없다는 것.

"채 선생의 진료를 기다리는 분들입니다."

윤도가 멈칫거리자 와타루가 재촉했다.

"진맥부터 하겠습니다."

어차피 온 걸음이다. 윤도가 가운을 꺼내 입었다. 승주도 그랬다. 그런 다음 첫 침대부터 진맥을 했다.

"제가 돕겠습니다."

일본 간호사가 다가와 부산을 떨었다. 윤도가 그걸 막았다.

"거기 계시다 필요한 질문이나 답해주시면 충분하다고 전해줘."

윤도가 승주에게 말했다.

"……"

통역을 들은 간호사가 군소리 않고 물러섰다.

첫 환자.

"우르세이요!"

시끄러워.

그는 소리부터 질렀다. 진료 정보를 상기했다. 췌장암에 더해 정신병이 왔다는 환자. 이름이 없었으니 질병으로 매칭시켜야 했다. 고함 뒤에는 노래를 불렀다. 헛소리도 했다.

"당신 말이야, 봤어? 내가 조금 전에 온천에서 사토미의 유카타를 벗긴 거. 내가 막 성교를 하려는 참인데 당신이 왔네?"

"사토미는 일본 여배우예요."

승주가 통역을 했다. 허튼소리를 흘려들으며 진맥을 했다.

"……!"

진맥이 손가락에 걸리자 윤도는 고개를 갸웃했다.

방사능 노출.

그 맥이 아니었다. 방사능에 대량 피폭된 맥은 특이점이 있었다. 할퀴는 듯, 주저앉는 듯, 혹은 연기 날리는 듯한 느낌이다. 그게 없는 것이다. 그 맥은 미나토를 고치면서 얻은 노하우였다.

5. 장침, 韓日 역사를 관통하다

'사람마다 다른가?'

생각을 접어두고 진맥에 집중했다. 췌장암은 깊었다. 하필이면 암 덩어리도 듬성듬성했다. 일본 의료진이 왜 손을 들었는지 알 것 같았다. 맥은 숨바꼭질을 하듯 잡혔다. 느리다가 참새가 모이를 쪼는 듯 뛰었다. 사수맥(邪祟脈)과 닮은꼴이었다.

'유사 사수……'

윤도는 정신병이라고 전해진 질환의 가닥을 잡았다.

사수.

동의보감에서는 이 병을 기혈이 허하고 정과 신이 부족한 경우거나 담화의 작용으로 생기는 질환으로 본다. 원기가 허약하다는 말이다. 유사 사수는 이 사수중과 닮았다. 정신병처럼 보이지만 정신병이 아니었다. 비허가 원인으로 보였다.

일본 의료진의 실수였다. 나이로 보아 MRI상의 회백질과 백질의 양이 줄어들었을 일. 거기에 이런 행동 양태를 덧붙이면 치매 판정이 나올 가능성이 높았다.

"혹시 이분, 소화 안 되는 음식물을 그대로 배설하는 설사를 하는지 물어봐 줘."

윤도가 승주에게 통역 요청을 했다. 승주가 닥터에게 그 말을 전했다.

"그렇다고 하네요."

"혹시 정신병에 대한 치료가 되고 있는지도……."

"집에서 가료하다 어제 병원에 왔답니다. 병원에서 정신과 치료 대책은 세워놓았다고……."

"일단 정신병 약은 절대로 먹이면 안 된다고 해줘."

"그렇게 전했습니다."

"반갑소."

두 번째 침대의 환자가 손을 내밀었다. 말기암에 시달리지만 강단은 죽지 않은 얼굴이었다. 그가 움직일 때마다 간호사가 시중들기에 바빴다. 척 봐도 굉장한 신분이다. 하지만 과잉 간호이기에 윤도가 보기에 좋지 않았다.

거기서 다시 윤도의 의문이 고개를 들었다. 이 환자에게서는 방사능 피폭자의 진맥이 나왔다. 미나토의 그것과 유사했다. 잠시 병실 풍경을 돌아보았다.

여섯 환자 모두 60대 후반부터 70대 후반으로 보였다. 인상에서 풍기는 느낌도 비슷했다. 고위 관료 아니면 정치인인 것이다.

"어떻소?"

환자가 일본어로 물었다.

"폐암 병소를 확인했다고 전해줘. 신장과 비장을 함께 치료해야 한다는 것도."

윤도가 승주에게 지시했다. 그러자 와타루가 나섰다.

"아니, 우리 간호사가 할 겁니다. 일본어를 알거든요."

윤도가 와타루를 막았다. 말이란 한 길을 건너가면 뜻이 변할 수 있었다.

"침으로 고칠 수 있냐고 묻네요."

승주가 환자의 말을 전달했다.

"해볼 만하다고 전해."

윤도가 답했다.

"오!"

통역을 들은 환자의 입이 쩍 벌어졌다.

다음은 60대였다. 그는 후두암이었다. 암이 많이 진행되어 목소리도 잘 나오지 않았다. 약간의 호흡곤란까지 온 것이다. 그는 필담으로 의견을 물어왔다. 그 얼굴을 보던 윤도 눈빛이 살짝 굳었다. 어디서 본 것 같은 얼굴이었다.

'어디서 봤더라?'

잠시 생각 끝에 답을 끌어냈다. 인천공항이었다. 위안부 망언을 한 타쿠미 의원. 암 투병으로 해쓱해졌지만 거의 같은 이미지였다. 이 환자 역시 방사능 진맥은 보이지 않았다.

"해볼 만합니다."

윤도가 해준 대답은 처음과 같았다.

그렇게 여섯 번째 환자까지 진맥을 끝냈다. 여섯 환자 중에서 방사능 피폭으로 인한 진맥은 둘뿐이었다.

"어떻습니까?"

와타루가 물었다.

"이분들이 선발자입니까?"

"예. 왜 그러시는지요?"

"아무것도 아닙니다."

대답을 하며 환자들을 바라보았다. 두 가지가 자연스럽지 않았다.

첫째는 환자들의 진맥.

둘째는 성별과 나이였다.

대지진은 해안 일대를 덮쳤다. 연령 불문이었다. 방사능 역시 마찬가지였다. 그 최악의 저주가 사람을 가렸을 리 없었다.

그런데 일본 정부까지 나섰다는 마당에 선발된 환자는 모두 관료나 정치인풍. 어린아이나 여자, 할머니가 전혀 끼어 있지 않은 것이다.

"아까 그분들 말입니다. 회의실……."

윤도가 와타루에게 물었다.

"예……."

"보고를 해야 합니까?"

"그게 정부에서 추진하는 일이다 보니 체계라는 게……."

"보고해야 하는군요?"

"선생님을 기다리고 있을 겁니다."

"그리고… 제가 진맥한 두 번째 환자, 어디서 많이 본 것 같던데……."

"아, 이부키 의원님 말씀이군요?"

"이부키 의원?"

"아, 물론 지금은 아닙니다만 아직 현역인 타쿠미 의원님의 형님이십니다. 현역일 때는 굉장히 유명하셨는데 대지진 때 후쿠시마 인근에 사시다가 그만……."

타쿠미.

그 의원이 맞았다. 위안부 망언을 한.

"마지막으로 한 가지. 저분들 모두 후쿠시마 원전의 방사능 피폭으로 인한 암 환자가 맞습니까?"

"그, 그렇습니다만."

대답하는 와타루의 목소리가 조금 흔들렸다.

"기다리세요. 손 좀 씻고 오겠습니다."

"고맙습니다."

와타루가 꾸벅 인사를 했다.

복도로 나와 화장실로 걸었다. 공교롭게도 화장실은 물청소 중이었다. 하는 수 없이 아래층으로 내려갔다. 계단참을 돌 때 창밖으로 어린 소나무 아래의 휠체어가 보였다. 열 살쯤 되어 보이는 소년이었다. 멀리서 봐도 피부가 엉망이었다.

아이를 돌보는 젊은 어머니의 손길이 애잔했다.

"왜요?"

옆에 있던 승주가 물었다.

"아니."

대답과 함께 계단을 마저 내려갔다.

쏴아!

화장실에서 손을 씻었다. 세수도 했다. 손을 닦고 나올 때 다. 입구에서 휠체어와 만났다. 그 소년이었다.

'피부암…….'

얼굴을 보고 알았다. 소년은 편평세포암으로 보였다. 기저

세포보다 악성도가 높은 비멜라닌종 피부암이다.

치료 중에 잠시 햇빛을 쏘인 것이다. 그렇지 않으면 밤잠을 잘 잘 수 없을 테니까.

"엄마."

소년이 뭔가를 내밀었다. 작은 소나무 가지였다.

"언제 꺾었어?"

소독제를 바른 엄마가 소나무 가지를 받아 들었다.

"누가 꺾어서 버렸길래 집어왔어요. 후쿠시마 히데코네 집에 있던 소나무하고 닮았어요. 그래서 물 주려고요."

"……"

"그거 어려도 나무 맞죠?"

"그럼."

"풀잎이 뾰족뾰족 와규 뿔 같아요."

"정말 그러네?"

"물을 주면 살 수 있을까요?"

"그럴 거야."

"나중에는 와규보다 더 힘센 나무가 되겠죠?"

"그렇겠지."

"물에 담아서 자기 엄마 나무 밑에 심으면 좋겠어요. 나중에 히데코네 집 마당에 심어주고 싶어요."

"……"

엄마는 대답하지 못했다. 소년의 이야기에 나오는 히데코네 집은 쓰나미로 흔적도 남지 않았다.

"얼른 가요. 지금은 나무도 햇빛 먹을 시간이에요."

"신바⋯⋯."

"엄마가 힘들면 제가 할게요."

"아니, 엄마는 힘 하나도 안 들어."

"힘들어요. 엄마가 잠도 안 자고 저 돌보는 거 다 알아요."

"신바⋯⋯."

"휠체어 밀어주세요. 햇빛이 구름에 가리기 전에요."

신비가 화장실 창으로 난 하늘을 가리켰다. 어머니는 한숨을 참으며 휠체어를 밀었다. 작은 병에 꽂힌 소나무 가지를 안은 소년이 윤도와 승주를 스쳐 갔다.

"뭐래?"

윤도가 승주에게 통역을 요청했다.

"그렇군."

통역을 들은 윤도의 콧날이 시큰하게 변했다.

"선생님, 준비되셨으면 올라오시죠."

와타루가 계단 위에서 재촉했다. 그사이에 소년이 다시 들어섰다.

"김 샘, 통역 좀 부탁해."

윤도가 소년에게 향했다.

"나는 한국에서 온 채윤도 한의사야. 너 소나무 좋아하니?"

윤도는 휠체어를 따라 걸으며 이야기를 나누었다. 이야기하며 소년의 사연을 알았다. 소년 역시 시한부 선고를 받았다. 후쿠시마 출신이었다. 네 살 때 쓰나미를 만났다. 며칠간 구출되지 못하면서 방사능에 피폭되었다. 진맥으로도 확인이 되었다. 그러나 여섯 사람에 꼽히지 못했다.

왜?

"딱한 사람은 또 있어요."

대화 끝에 소년의 어머니가 입을 열었다. 그 사람은 30대 초반의 하루나였다. 난소암이라고 했다. 그녀 역시 시한부였다. 그 자리에서 하루나의 맥도 잡았다. 맥이 할퀴는 듯 주저앉다가 휘날렸다. 방사능 피폭의 흔적이었다. 검은 기운은 난소 부근에 가득했다. 차료혈을 눌렀다.

"아!"

하루나가 비명을 질렀다. 난소에 문제가 생기면 차료혈을 누를 때 압통을 느낀다. 반응으로 보아 말기 난소암임을 알 수 있었다. 다행히 사기는 난소의 중앙. 전이될 기세지만 치료는 가능할 것 같았다.

그러고 보니 하루나의 병동에는 가난한 환자들이 많았다. 전부 방사능 후폭풍으로 질병이 생긴 사람들이었다. 그 앞 신바의 병실도 그랬다. 방사능이 축적되면서 고통스러운 병에 시달리는 아이들.

왜?

두 개의 의문이 윤도에게 달라붙었다. 소년과 여자는 왜 치료 후보에 들지 못한 걸까?

"원장님……."

통역하던 승주가 눈자위를 구겼다. 그녀도 눈치를 차렸다. 일본 정부의 환자 선택에 이상이 있다는 사실을.

"선생님, 여기는 들어오시면 안 됩니다."

와타루가 병실로 들어왔다. 치모모도 옆에 있었다.

"잠깐 얘기 좀 할까요?"

윤도가 와타루를 잡아끌었다.

"……!"

윤도의 견해를 들은 와타루가 소스라쳤다. 여섯 환자의 선택 기준을 물은 것이다. 윤도가 보기에 그건 합당치 않았다.

"하야."

와타루는 한숨부터 쉬었다. 그러고는 천천히 입을 열었다.

"선생님 말씀이 맞습니다. 후쿠시마 방사능 누출은 엄청난 비극을 몰고 왔습니다. 그로 인한 부작용은 여전히 진행 중이죠. 하지만 이번 프로젝트는 우리 정부가 시범 사항으로 기획한 일입니다. 현재 많은 질환에 대해 원전과의 연관성을 주장하는 사람들이 많지만 그들 전부를 우리 정부가 구제할 수는 없습니다. 선생님 역시 신침의 실력자라고 해도 수만 명, 수십만 명의 질환을 치료할 수는 없지 않습니까?"

"합당한 설명이 아닙니다."

"압니다. 하지만 국가적인 입장에서는 요인 몇 명이라도 구해야 하죠."

"중환자 우선이 아니라 연공서열에 따른다는 겁니까?"

"그분들은 일본 정부에 기여한 공이 크고 앞으로도 기여할 능력이 있는 분들입니다. 우리의 입장을 이해해 주십시오."

"조금 전에 본 신바라는 소년과 난소암 여환자도 위중합니다. 의술은 인도주의를 중시하는데 여자와 소년은 그 어떤 나라에서도, 그 어떤 상황에서도 우선순위입니다. 일본은 아닙니까?"

"채 선생님······."

"당신이 내게 준 자료는 진실이 아닙니다. 진실을 요구합니다."

"진실?"

"이 병원에 입원해 있는 사람들, 혹은 통원 치료 하는 분들··· 누가 가장 위중하고 누가 가장 고통받는 것인지."

"그건 곤란합니다. 일단 우리 정부가 선별한 사람들부터 치료한 후에······."

"거절합니다."

윤도가 잘라 말했다. 그 말은 와타루에게 엄청난 충격이 되었다. 그는 그길로 달려가 미나토를 데려왔다. 이 일의 단초가 된 미나토였다.

"채 선생님, 치료를 못 하겠다고요?"

미나토는 하얗게 질려 있었다.

"그렇습니다."

"저희가 무슨 무례라도?"

"저는 선발된 환자들이 공평치 못하다고 생각합니다. 그걸 바로잡지 않는다면 이 치료는 부득 거절하겠습니다."

"채 선생님."

"저는 한의사입니다. 제가 파악한 바에 의하면 환자 선발 기준이 완전 정치적이더군요. 공감할 수 없습니다."

"한 번만 양보하십시오."

"더구나 저 여섯 환자 중에는 우리 한국의 위안부 문제를 망언 수준으로 떠벌리는 사람의 혈연도 있습니다. 아니, 더 있을지도 모르죠. 그렇다면 이 일은 한국에서 두고두고 제 불명예가 될 것입니다."

"……!"

미나토의 얼굴은 점점 사색으로 변했다.

"미나토 선생님은 좋은 뜻으로 저를 소개했겠지요. 하지만 아직 안정하셔야 할 때이니 댁으로 가서 가료하시기를 바랍니다."

"채 선생님."

"이번 일은 없던 걸로 하고 저는 바로 한국으로 돌아가겠습니다."

윤도가 돌아섰다. 결심을 한 이상 주저할 것도 없었다.

처음으로 포기하는 치료.

마음이 아팠다.

환자…….

그것도 불치의 판정을 받은 암 환자들이 아닌가?

하지만 윤도는 자신의 판단을 믿었다. 이건 북한에서 남북밀담을 도운 경우와 달랐다.

"채 선생님!"

병원을 나서자 뒤에서 외침이 들려왔다.

"원장님."

뒤돌아본 승주가 울상이 되었다. 슈스케를 위시해 타다요시와 무라다까지 뛰어오고 있었다.

"무슨 일이죠?"

택시 앞에서 윤도가 물었다.

"안 됩니다. 이대로 가시면……."

슈스케가 윤도를 막아섰다.

"제 생각은 이미 미나토 선생에게 말씀드렸습니다."

"저희 불찰입니다만 한 번만 양보해 주십시오. 이번에 선발된 환자들에게 유의미한 결과가 나오면 다음에는 일반인을 중심으로 선생님을 다시 모시겠습니다."

"저는 다음에 또 온다는 약속은 하지 않았습니다."

"……?"

"그리고 그런 각오가 있다면 그 차례를 바꾸는 게 뭐가 어렵습니까?"

"이 일은 이미 내각회의에서 인준을 받은 일이라……."

"그렇다면 내각회의가 치료를 하면 되겠군요."

"선생님!"

슈스케가 무릎을 꿇었다. 그러자 그 뒤에 있던 사람들도 모두 무릎을 꿇었다. 윤도는 모골이 송연해졌다. 무서웠다. 자신의 목적을 위해 생면부지의 한의사에게 무릎을 꿇을 수 있다는 사실. 더구나 저 안의 환자들은 이들의 일가족도 아니었다.

"왜들 이러십니까?"

"저 여섯 분은 우리 일본 정부에 꼭 필요한 인물들입니다. 이번 치료만 저희 뜻에 따라주시면 뭐든 해드리겠습니다. 환자를 한국으로 데려오라면 데려가고 거기에 병원을 지어달라고 해도 지어드리겠습니다. 인력이 필요하면 인력을……."

슈스케는 절실했다. 윤도는 그제야 알았다. 저 안에서 윤도를 기다리는 여섯 VIP 환자들. 윤도의 상상 이상의 거물들이

분명했다. 그렇기에 내각총리실의 실세라는 슈스케가 이토록 목을 매고 있는 것이다.

그러나 환자 중에는 위안부 망언과 연관된 사람이 있었다. 그의 동생은 지금도 망언 진행 중이고 눈치를 보아하니 여섯 중의 누군가도 그런 전력이 있는 것 같았다. 일본 정부는 위안부 문제에 대해 정식 사과를 하지 않고 있는 상황.

"그렇다면 말이죠."

생각을 정리한 윤도가 슈스케를 바라보았다.

"말씀하십시오. 뭐든 준비하겠습니다."

"그렇다면……."

슈스케와 눈을 맞춘 윤도가 뒷말을 이었다.

"위안부 망언을 취소하고 정식으로 사과해 주십시오."

"위, 위안부?"

"거기에 제가 원하는 환자 몇 명을 추가할 겁니다."

"그건 상관없지만 위안부 사과라면 이부키, 타이세이 전 의원과 타쿠미 의원 말씀입니까?"

타쿠미. 이름 하나가 나왔다. 윤도가 진찰한 네 번째 환자의 동생이었다.

"잡다한 사과는 진실성이 떨어지니 한 사람의 사과면 족합니다."

"한 사람?"

"일본 총리 말입니다."

국민 된 도리로 딜 하나를 날렸다. 여섯 요인(要人)의 치료와 말 한 마디면 되는 사과. 윤도는 가능성이 없는 딜이라고 생각하지 않았다.

"……!"

일본 총리의 사과.

슈스케의 머릿속에서 화산 터지는 소리가 들렸다.

퍼엉!

펑!

"이봐요, 채 선생님."

이제는 미나토까지 나섰다. 그 역시 일본 정부 막후의 인물로 소문난 사람이다. 어쩌면 이 여섯 환자를 결정하는 데 영향을 주었을 수도 있다.

"그건 곤란합니다. 제가 결정할 일도 아니고 정부와 정부 간의 교섭에서나 나올 수 있는 일입니다."

슈스케가 난색을 표했다.

"그렇다면 제 대답은 변하지 않습니다."

"채 선생님."

"한 가지만 말씀드리죠. 여섯 환자 중에 맨 앞에 앉은 환자. 췌장암은 맞지만 정신병이나 치매는 아닙니다. 그런 쪽으로 치료에 들어가면 수삼 일 내로 죽을 겁니다."

"……."

순간, 응급실 쪽에서 소란이 일었다. 윤도는 응급실을 한번 돌아본 후 작별을 고했다.

"그럼 이만."

윤도가 돌아서자 슈스케의 미간이 멋대로 일그러졌다. 타다요시와 무라다도 그랬다. 그때 응급실에서 닥터 하나가 뛰어나왔다.

"원장님, 켄토 씨께서 위독하십니다."

"뭐라?"

닥터의 한마디에 일동은 하얗게 질리고 말았다.

"치매 발작이 심해서 투약을 했더니……."

"아니, 그건 아까 저기 채 선생이 당부하지 않았습니까? 정신병 쪽으로 치료하면 목숨이 위태롭다고……."

와타루가 끼어들었다.

"그건 그 사람의 견해지 정신과 전문의들의 진단은 정신 질환과 치매가 겹친 게 맞습니다. 신경정신과장님이 확인하고 투약한 거고요."

닥터가 대답했다.

"이런, 이런……."

미나토가 고개를 저었다. 그사이에도 윤도는 자꾸 멀어지고 있었다.

"슈스케."

미나토가 슈스케를 바라보았다.

"예."

"채윤도를 그냥 보낼 셈인가?"

"……."

"와타루가 하는 말 못 들었나? 그는 신비한 능력을 가진 한의사야. 내가 증거가 아닌가?"

"하지만 위안부 문제는……."

"VIP 병실의 다케시, 그는 총리의 정치적 스승이자 은인이 아닌가?"

"하지만 위안부는 역시……."

"그들 중에는 우리 관동구락부의 3대 회장님도 계시네."

"……."

"나아가 슈스케 자네의 장인이자 자네에게 오늘을 있게 해준 세이쥬로 님도."

"……."

"그동안 저 여섯을 살리기 위해 미국으로 중국으로 백방 애를 썼다는 자네 말은 다 허언이었나?"

"대인."

"말 한 마디로 여섯을 살릴 수 있다면… 아니, 두엇까지 안 된다고 해도 서넛이라도 살릴 수 있다면……."

"······."

"결정하시게. 지상에 하나밖에 없는 신의(神醫)일세. 나는 그의 침을 아네. 다른 대안은 없네."

"······."

슈스케가 경련하기 시작했다. 하지만 오래가지 않았다. 또 다른 택시가 윤도의 앞으로 오고 있는 까닭이다.

"와타루!"

거기서 슈스케의 입이 열렸다.

"예!"

"채 선생을 모셔오시게. 원하는 걸 들어준다고 하고."

"일단 응급처치부터 하고 봅시다."

윤도가 걸었다. 응급실 안이었다. 침대에서는 켄토가 거품을 뿜고 있었다.

"일단 투약부터 중지해 주십시오."

윤도가 닥터에게 요청했다. 닥터는 망설였다. 그는 일본에서도 알아주는 신경정신과 전문의. 그의 진단을 한국에서 온 한의사가 무시하고 있는 것이다.

"따르시게."

원장이 상황 정리를 했다. 투약 응급조치는 그렇게 멈췄다.

윤도가 진맥에 들어갔다. 환자 주변은 수많은 눈으로 와글거렸다. 보호자를 비롯해 미나토와 슈스케, 그리고 관계자들이었다.

'젠장!'

윤도의 미간이 일그러졌다. 상황은 아까보다 나빴다. 투약 때문이다. 켄토의 중병은 비장과 그에서 비롯된 담음이 원인. 그런데 정신과 약이 들어갔으니 불협화음은 뻔한 일이었다.

담음.

담음은 인체의 수액 대사 중에 생기는 질병의 원인이다. 열 가지 병 중에 아홉 가지는 담음이 원인이라고 할 정도로 다양한 질환을 야기한다. 담음과 연관되는 장부로는 비장, 폐장, 신장, 삼초 등을 들 수 있다. 원인도 다양해 심하면 반신불수까지 될 수 있다.

켄토의 경우는 담음증의 하나인 담괴가 원인이 되어 발현한 유사 사수였다. 그렇잖아도 췌장암에 걸린 환자, 담괴가 겹치자 최악의 결과로 치달은 것이다.

일단 사관부터 열었다.

다음으로 비수혈과 장문혈, 폐수혈과 중부혈에 장침을 넣었다. 오장의 기를 올려 투약의 부조화를 바로잡으려는 노력이었다.

담음의 필수혈인 풍륭혈과 중완혈을 잡았다. 다음 침은 오장직자침이었다. 담괴가 생긴 머리와 가슴 부위의 혈관이 목표였다.

"그……."

신경정신과장이 말리려 했지만 윤도는 개의치 않았다. 윤도를 제지하려던 그 손은 다시 거두어졌다. 장침이 들어가기 무섭게 켄토의 입에서 나오던 거품 같은 침이 멈춘 것이다. 동시에 켄토의 혈색이 자리를 찾았다.

"일단 응급조치는 했습니다."

윤도가 고개를 들었다. 미나토와 슈스케 일행은 숨도 쉬지 못했다.

"……!"

회의실로 옮겨온 후 슈스케가 얼어붙었다. 안에 모인 건 윤도와 슈스케, 미나토와 타다요시, 그리고 통역으로 배석한 와타루였다.

"문서로 약속을 확인해 달라고?"

슈스케가 와타루에게 되물었다. 와타루는 그저 고개만 끄덕할 뿐이었다.

"그건 곤란해."

슈스케가 고개를 저었다.

"그럼 가겠다고 합니다."

"내가 책임지고 추진하겠다고 전하게."

"그 책임을 문서로 달라고 하십니다."

"……."

"그것도 아니면 지금 당장 한국 외무부의 당국자와 통화로 확인해 달라고 합니다."

"한국 외무부?"

"채 선생 지인 중에 한국 외교부 2차관이 있다고……."

"2차관이면 한중관?"

슈스케가 한 번 더 뒤집혔다.

한중관.

그는 대일 강경파에 속했다. 내각총리실도 주목하는 관료였다. 그렇기에 일본 정부에서도 그와의 협상 테이블은 가급적 피하고 있었다. 그런데 하필 한중관이라니…….

윤도는 딜을 던져놓고 이들의 반응을 주목했다. 한중관은 갈매도 여객선 심장마비 사고 때 알게 된 사람이다. 당시 그는 딸의 목숨을 구해준 인사차 갈매도에 왔다. 사석에서 친한 사이는 아니지만 국가적인 사안의 딜. 더구나 외교부 고위공 직자이니 마다할 거라고 생각지 않았다. 물론 대안도 있었다. 복지부의 노 차관이다. 그러면 반드시 도움을 줄 것이다.

"끄응!"

슈스케가 이마를 짚었다. 급한 불을 끄자는 생각에 수락한 총리의 위안부 사과. 대안을 생각할 시간을 벌고자 던진 떡밥이었다. 하지만 윤도는 돌직구 승부로 나오고 있었다. 무조건

한가운데였다.

쾅!

칠 테면 쳐봐.

윤도는 그런 시선을 거두지 않았다.

"수상 각하와 통화를 해보겠소."

슈스케가 자리를 털고 나갔다.

"미나토 선생님."

남은 자들의 침묵을 윤도가 먼저 깨버렸다.

"말씀하세요."

"제 생각인데……."

"……."

"제게 추천한 여섯 분 말입니다. 알고 보니 그리 중요한 분들이 아닌 모양이군요."

"무슨 말씀이신지……."

"제가 진단하기에는 시분초가 급한 분들입니다. 게다가 한둘도 아니고 여섯이지요. 그런데 입으로 하는 사과 한마디에서 막히고 있으니 그렇지 않습니까?"

이번에는 견제구였다. 숨도 쉴 수 없을 정도로 날카로웠다.

"끄응."

미나토도 신음만 토해냈다. 그런 면에서는 슈스케와 다르지 않았다. 사실 윤도도 조금은 망설이고 있었다. 처음부터 이런

제의를 할 생각은 없었다. 하지만 기왕에 던진 딜이었다. 의술에 조건을 걸 생각은 없었지만 그냥 두면 차례차례 목숨을 마감할 환자들. 이 딜은 아주 허황된 게 아니었다.

슈스케는 오래 걸렸다.

10분, 20분, 30분 경과…….

그사이에 윤도도 놀지만은 않았다. 승주에게 VIP 병실 환자들의 인적 사항 파악을 지시했다. 확인하고 싶은 게 있었다. 이미 두 명의 이름은 밝혀진 것. 승주는 눈치 빠르게 그 일을 수행했다.

슈스케는 한 시간이 더 지나서야 돌아왔다.

"채 선생."

"결과가 나왔습니까?"

"우리 수상께서 대안을 내주셨소."

"대안이라고요?"

"수상께서 친히 오셔서 당신에게 유감의 뜻을 전할 수 있다고 하셨습니다. 당신에게 직접."

직접.

슈스케는 그 말에 방점을 찍고 있었다.

"약속과 다릅니다."

"하지만 채 선생은 사인으로서 본 치료에 임하고 있는 겁니다. 그러니 오히려 더 적합하고 모양이 날 수도 있지요."

"만약 일본 총리께서 그 말을 한다면 그 말을 들을 사람은 제가 아니라 위안부 할머니들입니다. 정 그렇다면 그분들 앞에서 하실 수 있겠습니까?"

"……?"

윤도의 역제의에 슈스케가 휘청거렸다. 대안은 물을 건너가고 있었다.

"모든 게 어렵다면 저는 그냥 가겠습니다."

윤도가 일어섰다. 그 손을 슈스케가 잡았다.

"채 선생."

"……"

"좋소. 대신 우리도 조건이 있소."

"말씀하시죠."

"애당초 여섯 환자 중에 다섯 이상… 특히 내가 지정하는 셋은 무조건 살리는 조건이오."

"그 여섯에 둘을 보너스로 보태드리죠."

"둘?"

"난소암의 젊은 여성과 피부암의 소년. 물론 그 외에도 내가 판단한 사람에게 침술을 써서 더 많은 사람을 구해 드리죠. 그럼 언론에 발표할 때도 모양이 갖춰지지 않겠습니까?"

"……!"

"다만 저도 전화 한 통 해도 되겠습니까?"

"그야 물론……."

윤도가 핸드폰을 꺼냈다. 수신자는 외교부 2차관 한중관이
었다.

─여보세요?

그가 전화를 받았다. 윤도는 창가로 걸어가 통화했다. 슈스
케처럼 숨어서 통화할 이유가 없었다.

─그, 그게 사실입니까?

대략 설명을 들은 한중관이 소스라쳤다.

"사실입니다. 저는 지금 도쿄에 있습니다."

─잠깐만요.

거기서 슈스케의 직통 전화가 울렸다. 통화를 멈춘 윤도가
슈스케를 돌아보았다.

"그래, 그렇게 되었네. 그래……."

슈스케는 굳은 표정으로 통화를 끝냈다. 그 통화는 한중관
때문이었다. 느닷없는 윤도의 말을 확인하기 위한 조치였다.
그러니까 일본 내각총리실에 전화를 걸어 슈스케의 소재를
확인한 것이다.

─맙소사, 정말이군요. 이거 뭐라고 말해야 할지…….

다시 한중관과의 통화가 이어졌다.

"어떻게 하면 좋을까요?"

─일단 치료를 하십시오. 제가 지금 당장 날아가겠습니다.

"차관님."

—일본 관료들은 믿을 수 없습니다. 수많은 사안들이 그랬습니다. 그러니 확실한 장치를 해두지 않으면 분명 말을 바꿀 겁니다. 아니면 늘 그랬듯이 유감 정도로 그칠 거고요.

"그럼……."

—이렇게 말씀하십시오. 위안부 문제와 피해 당사자들에게 머리 숙여 사죄한다, 이 말이 명시적으로 들어가야 한다고.

"……."

—그다음 문제는 제가 가서 정리하겠습니다. 지금 도쿄의 칸치병원이라고 하셨죠?

"예."

—곧 갑니다. 도쿄에서 뵙겠습니다.

한중관의 전화가 끊겼다.

"한중관 차관님과의 통화가 끝났습니다."

윤도가 자리로 돌아오며 뒷말을 이었다.

"치료 시작하겠습니다."

"오!"

미나토와 타다요시 등의 입에서 안도의 숨이 나왔다. 하지만 그 숨결은 길지 못했다. 바로 이어진 윤도의 말 때문이었다.

"대한민국 한중관 차관님이 오실 겁니다. 기술적인 건 그분과 상의하시면 될 테지만 제가 원하는 건 명시적인 한마디입니다. 위안부 문제와 피해 당사자들에게 머리 숙여 사죄드린다."

"……?"

슈스케의 시선이 벼락처럼 솟구쳤다. 타다요시와 무라다도 그랬다. 그 눈빛들의 지향은 윤도였지만 윤도의 시선은 강철과도 같았다.

자박자박!

윤도가 문을 향해 걸었다. 와타루가 그 뒤를 따랐다.

탁!

문이 닫혔다. 그러자 무라다가 두 손으로 테이블을 내려쳤다.

"이… 이……."

무라다의 어깨가 부러질 듯 떨렸다. 슈스케의 어깨도 다르지 않았다.

진퇴양난에 빠진 것이다.

총리의 재가를 얻어 시작한 VIP 6 프로젝트. 그들은 그 여섯 환자를 살려야 할 이유가 있었다. 그래야 정치적인 기반을 공고히 하고 원전 사고의 프레임을 전환할 수 있었다.

―후쿠시마 사고로 암에 걸린 고령의 여섯 환자가 회복됐다.

―방사능 피폭으로 인한 부작용도 완치가 가능하다.

그러나 그 여섯 중의 넷은 다른 지역에 살던 일본 정계의 거물들. 실제로 방사능과 연관된 거물은 둘뿐이었다.

이게 잘되면 반대 의견을 통제할 수 있었다. 거물들도 살리고 국정의 주도권도 잡는 일. 한마디로 일거양득을 노리는 묘수였다. 채윤도에게 안길 예산은 넘치고 넘쳤으니 돈으로 쇼부를 볼 생각이었다.

거기에 제동이 걸렸다. VIP 6 프로젝트에 대지진이 일어난 것이다.

"한중관, 한중관이라⋯⋯."

슈스케가 고개를 저었다.

위안부 사과.

슈스케의 머리가 두통의 극한으로 치닫고 있었다.

6. 진격의 장침

"김 샘."

VIP 병실 입구에서 윤도가 가운 소매 깃을 걷었다.

"네, 원장님."

"기분 어때?"

"묘해요. 마치 우주의 어느 한가운데 떨어진 기분이네요."

"나도 그래."

"하지만 저는 걱정 없어요. 원장님이 있으니까."

"나도 그래. 김 샘이 따라와 줘서 얼마나 든든한지 몰라."

"원장님도 참… 실은 배 샘이나 정 실장님도 다 오고 싶어

했어요."

"알아. 그럼 시작해 볼까?"

"저는 이미 레디 상태예요."

"오케이. 그럼 시작하자고."

윤도가 첫 장침을 잡았다.

VIP 병동.

그 여섯 환자에게 고루 장침이 들어갔다. 본격적인 치료는 아니었다. 아직 '보장'을 받지 못한 것이다. 그렇다고 손을 놓고 있을 수는 없었다.

미리 혈문을 열어두면 시침에 도움이 될 일. 만약 슈스케가 헛소리를 하면 고통받는 암 환자들에게 한국산 기(氣) 드링크를 한 병씩 선물한 셈 치면 될 일이었다.

기본 조치를 마치고 1층 병실로 내려가려 할 때 윤도의 핸드폰이 울었다.

─한중관입니다. 곧 도착합니다.

도착합니다.

그 말이 윤도의 가슴을 후끈 달아오르게 만들었다. 마치 전장에서 강력한 지원군을 맞이하는 기분이었다. 통화를 마친 윤도가 1층 신바의 병실에 들어섰다.

"선생님!"

신바와 어머니가 반색했다.

"선생님이 좀 도와주려고 하는데 침 맞을 수 있겠어?"

윤도가 말하자 승주가 통역을 맡았다. 신바가 뭐라고 하면서 웃었다.

"아플 거 같지 않다네요. 소나무 잎과 비슷해 보인다고."

"소나무?"

"신바가 소나무를 좋아한대요."

"정답이라고 전해줘. 어쩌면 소나무 잎보다도 안 아플 거라고."

윤도의 장침이 신바의 혈자리를 차고 들어갔다. 긴장은 오히려 신바의 어머니가 했다. 하지만 그녀는 이내 긴장을 풀었다.

신수혈, 비수혈, 척중혈, 폐수혈.

신장과 비장의 기혈 강화를 위해 들어간 장침과 폐의 기혈 증진을 위해 추가된 폐수혈. 침은 마치 새털을 넣는 듯 가벼웠다.

"침술이 아니라 마법 같아요."

어머니의 중얼거림이 메아리처럼 들렸다.

"마법이 맞아, 엄마. 하나도 안 아파."

신바가 웃었다. 긴 투병으로 엉망이 얼굴과 피부. 그럼에도 신바의 미소는 뽀얀 벚꽃을 닮아 있었다.

"어머니."

기본 시침을 끝낸 윤도가 어머니를 돌아보았다.

"네?"

"어쩌면 제가 신바의 본격 치료를 못 하고 갈지도 모릅니다. 명함을 드릴 테니 만약 그렇게 되면 한국으로 저를 찾아오세요. 신바의 암은 제가 치료할 수 있습니다."

"명함은 필요 없어요."

"네?"

"선생님이 누군지 신바랑 검색해 봤거든요. 대한민국 서울의 일침한의원. 한국의 명침 명의… 맞죠? 그러니까 명함 없어도 찾아갈 수 있어요."

"……"

"죄송해요. 아이의 일이다 보니 모든 게 조심스러워서요. 작년에도 민간요법을 빙자한 사기꾼에게 당해서 500만 엔이나 날렸거든요."

"네……"

윤도가 웃었다. 이해할 수 있는 일이었다.

민간요법.

어쩌면 양날의 검일 수도 있었다. 말기암 환자가 되면, 시한부 선고를 받거나 수술 불가 판정이 나오면 환자들은 초조해진다. 그 약한 마음을 파고드는 못된 상술이 있었다.

―기적의 약재.

암에 특효.

누구누구도 이거 먹고 말기암을 고쳤다.

그들은 대담하게도 암 병동의 대기실까지 원정 가서 환자들에게 접근한다. 다른 환자의 보호자를 사칭하기도 한다.

―우리 어머니도 여기서 항암 하는데 이거 먹고 효과 봤어요.

―우리 아들이 말기암인데 여기서 포기한 거 이 약 먹고 나았지.

자신의 경험담인 척 포장하고 덤벼들면 솔깃해지는 환자들이 많다. 그러나 그들이 노리는 건 돈이었다.

시침하는 동안 윤도의 주변으로 어린 환자들이 몰려들었다. 그들 머리를 쓰다듬어 주고 여자 병실로 갔다. 난소암의 하루나를 만났다. 그녀에게도 기본 시침을 하고 같은 말을 해 주었다.

그사이에 한중관이 도착했다. 그는 주무국장과 사무관, 두 외교관을 거느리고 있었다.

"반갑습니다."

그를 맞은 건 일본 외무성의 담당 국장이었다. 슈스케의 연락을 받은 일본 외무성 팀이 병원에 와 있었던 것이다. 한중관은 윤도부터 찾았다. 윤도는 산책로에서 그를 만났다.

"방 안은 도청의 우려가 있어서 말입니다."

한중관이 말했다. 오랜만에 만났지만 인사를 나눌 시간도 없이 본론으로 들어갔다. 이 일은 그만큼 중요한 일이었다.

"사실 오는 내내 긴가민가했습니다."

한중관은 솔직한 심경부터 피력했다. 이해가 갔다. 국민적 관심을 받는 한의사라지만 윤도는 한 사람의 사인(私人). 수많은 정치인과 전문 외교관들도 이루지 못한 일본의 공식 사과였다. 아직 결정된 것도, 실천이 된 것도 아니지만 현안으로 부상된 것만 해도 엄청난 성과였다.

"제가 외무성 차관을 오도록 요청했습니다. 전 같으면 씨도 안 먹힐 텐데 국장이 한숨을 쉬더군요. 이제는 꿈이 아닌 거 같습니다."

"다행이네요. 뭐가 뭔지 잘 모르겠지만 차관님이 오신 일이니 잘되면 좋겠습니다."

"하늘의 축복이죠. 우리 채 선생님……."

"네?"

"아까 VIP 병실의 여섯 환자 인적 사항을 보내주셨죠?"

"예."

"저희 채널을 통해 확인했습니다. 여섯 명 모두 일본의 초거물이더군요. 아니, 그전에 미나토를 구하셨으니 일곱입니다. 미나토 역시 일본의 막후 실력자의 한 사람으로 꼽히는 인물이거든요."

"예……."

"우리에게는 절호의 기회입니다."

"저는 정치나 외교는 잘 모릅니다. 아무튼 빠른 시간 내에 결정하셔서 제가 환자들 치료에 들어갈 수 있도록 해주시면 고맙겠습니다. 휴일이 지나면 한국에 예약자가 많거든요."

"알겠습니다. 칼날을 쥐어주셨으니 제대로 닦아세워 보겠습니다."

"알겠습니다."

"채 선생님."

"네?"

"고맙습니다. 벌써 두 번째로군요."

"……?"

"처음에는 제 딸을 구해줘서 마음을 들뜨게 하더니 이제는 우리 정부의 숙원 중의 하나인 위안부 사과 문제를 리드할 수 있는 단초를 주었습니다. 외교관 25년 동안 오늘처럼 가슴 뛰는 날이 없었습니다."

"……."

"반드시 채 선생님의 뜻을, 우리 한국인과 위안부 할머니들의 바람을 이루도록 하겠습니다."

한중관의 결의가 칼날처럼 반짝거렸다.

회의실로 돌아온 윤도는 가운을 벗었다. 반듯하게 개어 가방 위에 올렸다. 침통과 약침도 가지런히 챙겼다. 승주도 그랬다.

배수진.

또 한 번의 배수진이었다. 한편으로는 한중관의 회담을 돕기 위한 시위이기도 했다.

'채윤도가 떠날 준비를 마쳤다.'

윤도의 행동은 시시각각으로 일본 정부 측에 보고되고 있었다. 그렇기에 액션만으로도 일본 측에 부담이 되었다.

마침내 일본 외무성의 차관이 도착했다. 그가 한중관과 독대를 했다. 처음 회담 분위기는 좋지 않았다. 일본 땅이었다. 일본은 늘 다양한 전략을 가지고 현안에 접근했다. 한국보다 카드가 많았다.

그렇기에 위안부 사과 문제도 슬슬 옆길로 새기 시작했다. 외무성 차관은 다른 떡밥을 던져놓았다. 현재 생존 위안부 한 명당 3억 원, 사망자라면 직계에게 1억 원의 딜이었다. 사과는 외무대신이 사석에서 한국의 외무부장관에게 유감을 표하거나 일본 정부 외곽 단체의 성명을 빌리는 형식이었다.

"그건 또 한 번 한국민에 대한 농락입니다."

한중관은 떡밥을 걷어차 버렸다.

"농락은 지금 당신이 하고 있는 겁니다. 귀국과 우리 일본은 이미 위안부 문제에 대해 보상과 합의를 끝내지 않았습니까? 책임 있는 외교관이라면 한국 국민인 채윤도 한의사의 폭주를 설득해야 마땅합니다."

"방금 폭주라고 하셨는데 그 말을 채윤도 선생에게 그대로 전해도 되겠습니까?"

"……!"

"채 선생에게 듣자니 이 일은 애당초 당신들로 인해 비롯된 일입니다. 그가 이 사태를 먼저 만들었습니까? 당신들 정부가 채 선생을 이용하려고 약속한 일입니다."

"이용이라뇨?"

"아닙니까? 이 병원 VIP 환자들, 일본 정계의 막후를 좌지우지하는 거물들 아닙니까? 원전 방사능 누출을 핑계로 불치병을 고치려고 데려온. 물론 후쿠시마 근처에 살아 방사능에 살짝 물든 거물들도 섞어놓았겠습니다만."

"……!"

"아닙니까?"

"으윽!"

한중관의 말은 돌직구가 되어 차관의 가슴팍에 꽂혔다. 일본 측은 모르고 있었다. 승주가 기지를 부려 확인한 VIP 환자들. 그 이름과 나이, 병력을 토대로 한국 외무부가 신상 확인을 마쳤다는 사실을.

허를 찔린 차관이 그 자리에서 쓰러졌다. 언제나 발밑으로 내려다보던 한국의 외교 당국자. 그 상황의 일대 역전을 견디지 못하고 울화통이 터진 것이다.

"닥터! 닥터!"

외무성의 국장이 복도를 향해 소리쳤다. 이내 비상 의료진이 출동했다. 손발을 떨며 거품을 무는 차관. 내과적 응급 처방이 이어지지만 차관의 정신은 돌아오지 않았다.

"……!"

병실 밖에서는 슈스케와 미나토가 경악했다. 차관이 쓰러졌다. 응급 닥터들이 달라붙었지만 정신이 돌아오지 않았다. 사태는 걷잡을 수 없는 곳까지 치닫고 있었다.

'채윤도의 요청을 그대로 들어줄 걸 그랬나?'

슈스케는 처음으로 후회했다. 하지만 이미 돌이킬 수 없는 일이 되었다. 그때 윤도가 한중관과 함께 다가왔다.

"채 선생……."

"회담을 하던 귀국 차관께서 의식이 없다고요?"

"……"

"괜찮다면 제가 좀 볼 수 있을까요?"

"당신이?"

"믿지 않아도 상관없지만 죽은 사람 몇을 살린 경험이 있습니다."

윤도의 말은 단호했다. 슈스케는 압도되고 말았다. 한번 보게 하는 것. 손해날 일이 아니었다.

"……."

병실에 들어선 윤도가 맥을 잡았다. 일본의 응급의료진은
어이상실한 표정이었다. 시급을 다퉈 원인을 찾고 치료해도
모자랄 판에 한의사라니? 뇌파와 심전도, MRI를 찍어야 할 판
에 그걸 미뤄두고 진맥이라니?

순간 윤도가 장침을 꺼내 들었다.

"이봐요!"

격분한 응급 닥터가 윤도에게 소리쳤다.

"1분이면 된다고 전해줘."

윤도의 목소리는 단호했다.

"1분이면……."

"닥쳐! 여기가 어딘 줄 알고……!"

흥분한 닥터는 승주의 통역을 듣지 않았다. 순간 윤도가 그
의 정강이를 까버렸다.

"여기가 어딘지가 그렇게 중요해? 진짜 중요한 건 환자야!
이 사람, 당신 나라에 꽤 중요한 사람일 텐데 응급환자 살려주
겠다는데 웬 말이 그렇게 많아?"

윤도가 호령했다. 응급 닥터들은 한국어를 몰랐다. 하지만
윤도의 기세는 느낄 수 있었으니 주춤거릴 수밖에 없었다.

윤도의 장침이 시침되기 시작했다. 호언장담대로 딱 두 방

이었는데 거궐혈과 전중혈이었다.

거궐에서 경련을 잡았다. 침이 들어가기 무섭게 팔다리가 얌전해진 것이다. 양릉천까지 함께 써도 좋지만 그럴 필요가 없었다. 침감만으로 조절하는 윤도였다. 의식은 전중에서 깨웠다. 전중은 오장의 기가 모이는 곳이다. 기가 막히는 증세에는 여기가 명혈이었다. 대신 이 침은 뜨끈한 화침으로 들어갔다.

침감을 조절하자 바이탈 사인이 활발해지기 시작했다.

"바이탈 사인이 올라갑니다!"

한 닥터가 소리쳤다. 윤도는 개의치 않고 침감을 조절했다. 바이탈 사인은 잠시 떨어졌다가 살포시 안정되었다. 이제는 거의 정상 부근이었다.

"갑작스레 기가 막혀서 일어난 증세라고 전해줘. 이제 CT를 찍든 심전도를 하든 마음대로 하라고."

윤도가 침통을 들고 일어섰다. 승주는 윤도의 말을 빠짐없이 전했다. 응급 닥터들은 숨도 쉬지 못했다. 참관하던 슈스케와 외무성 국장도 그랬다.

기가 막힌 것이다. 그건 현대 의학으로 판단할 문제가 아니었다. 그렇기에 응급처치에서 헤맨 일본 의료진은 넋은 놓은 채 식은땀만 쏟아냈다.

탁!

승주까지 나가며 응급 병실의 문이 닫혔다.

"차관님."

국장이 침대로 다가섰다.

"여긴?"

이제 완연하게 정신이 돌아온 일본 외무성 차관이 고개를 들었다.

"응급 병실입니다."

"내가 쓰러졌었나? 그럼 닥터들이 나를 살렸군."

"그게 아니라……"

국장은 마지못해 뒷말을 이어놓았다.

"한국에서 온 채윤도 한의사가……"

"채윤도?"

차관의 눈에 불이 들어왔다. 응급 닥터들은 일제히 고개를 떨구었다. 확인이 필요 없는 분위기였다. 그때 또 다른 상황이 벌어졌다. VIP 병실의 켄토가 발작을 시작한 것이다. 그 뒤를 이어 세이쥬로도 격통으로 비명을 질렀다. 밤이었다. 환자들의 통증이 심해지는 시간이었지만 침술을 위해 투약을 중지하고 있었다. 덕분에 비명이 응급 병실 창문을 사뿐히 넘어왔다. 와타루가 달려와 상황을 전했다.

VIP 환자들은 격통 호소.

채윤도는 다시 떠날 채비 완료.

"끄응……."

압박에 눌린 슈스케의 입에서 신음이 새어 나왔다. 그는 모두 내보내고 차관과 독대했다.

"죄송합니다."

차관이 고개를 숙였다. 자신의 능력을 넘었다는 고백이다.

"회담을 계속할 수는 있겠소?"

"해야겠죠. 머리가 띵하기는 하지만……."

"이제는 별수 없게 되었소."

슈스케의 한숨이 나왔다.

"그럼?"

"차관의 목숨까지 빚진 마당에 별수 없지 않소? 총리께 마지막 카드가 실패했다고 전하겠소. 저들 요구대로 진행하시오."

"슈스케 님."

"최후 라인의 개봉입니다. 총리대신께서 거기까지는 가지 않았으면 좋겠다고 하셨지만……."

슈스케의 시선이 떨어졌다. 분하지만 어쩔 수 없었다. 여섯 거물과 사과. 둘 중 하나를 택해야 한다면 총리대신에게는 후자가 나왔다. 이런저런 후폭풍 따위야 여섯 거물 선에서 조율될 수 있었다.

슈스케의 입장을 확인한 차관이 다시 협상 테이블에 앉았

다. 결국 한중관의 요구대로, 아니, 윤도의 요구대로 협정서에
사인을 했다.

일본 정부는 위안부 문제와 당사자들에게 머리 숙여 사죄한다.

명시적 문장 한 줄이 협정서에서 반짝거렸다.

협정서는 마침내 한중관의 손에 들어왔다. 이 사과에 대한
옵션은 단 하나였다. 윤도가 가시적인 치료 효과를 보일 때까
지 한중관이 액션을 취하지 못한다는 것. 그것은 곧 치료의
결과가 나오기까지는 언론에도, 한국 정부에도 발표할 수 없
다는 조건이었다.

"수고했소."

일본 차관이 의례적인 인사와 함께 손을 내밀었지만 한중
관은 답례하지 않았다. 이 일은 어쩌면 너무나 당연한 일이었
다. 그럼에도 불구하고 수십 년을 끌어온 사안. 그 숙원이 이
런 계기로 해결될 줄은 상상도 못한 한중관이었다.

한중관은 윤도를 만났다. 협정서를 들어 보였다.

"차관님."

"이 협정서가 빛을 보느냐 마느냐는 채 선생의 의술에 달려
있습니다."

한중관의 열망은 오롯이 윤도를 향하고 있었다. 마침내 윤

도가 다시 가운을 입었다.

"부탁합니다."

한중관이 말했다. 단어 하나하나마다 비장미가 배어나왔다. 한중관의 염원을 등에 업은 윤도가 VIP 병실 앞에 멈췄다.

"와타루."

거기서 와타루를 바라보았다.

"말씀하시죠."

"이 방은 여유가 있더군요."

"예?"

"병실 규모가 크다는 겁니다. 빈 침대도 몇 개 있고."

"예……."

"제가 지명하는 1층 환자 둘을 데려오십시오. 여기서 함께 시침하겠습니다."

"채, 채 선생."

"안 된다는 겁니까?"

"그, 그게……."

"그들은 당신 국민입니다. 한 사람은 여자고 또 한 사람이 어린이예요. 안 되면 내가 거기로 먼저 갈까요? 왔다 갔다 하면서 시침하면 양쪽에 다 비효율적입니다."

"……."

"알겠습니다. 내가 왔다 갔다 하면서 치료하도록 하지요."

"슈스케 님과 상의해서 모셔오도록 하겠습니다."

결국 두 환자가 VIP 병실로 실려 왔다. 윤도는 문 앞에서 그들을 맞았다.

"선생님."

방 안 풍경을 본 어린 신바, 부담스러운 표정을 지었다. 하루나도 그랬다. 이상하게도 정치나 권력에 관련된 사람들은 부정적인 향이 나는 모양이다. 아니, 어쩌면 부패의 향일까?

"그냥 치료받는 것뿐이야."

윤도가 웃자 신바가 따라 웃었다. 하루나도 입꼬리가 살짝 올라갔다.

VIP 병실.

마침내 윤도가 그 공간으로 들어섰다.

오장직자침.

이날 윤도의 오장직자침은 진격의 거인과 다르지 않았다. VIP 병실 안의 환자는 모두 여덟 명. 그들 중 넷은 정치적 선택에 의해 선발되었고 나머지 넷은 후쿠시마 원전 방사능 피폭과 연관된 암 환자였다.

방사능 쪽 환자들은 축빈혈과 대거혈을 잡았다. 몸에 남은 방사능에 대한 조치였다. 두 혈이 방사능을 제거하는지는 확인하지 않았다. 하지만 효과는 좋았다. 그들의 몸이 반응한 것이다. 윤도의 신침이기에 가능한 일이었다.

오로지 정치적인 이유로 선택된 환자들에게는 반감도 있었다. 하지만 시침 순간만은 쿨하게 잊었다. 행여 미움이 싹트면 하나의 명제를 생각했다.

위안부 할머니들.

아이러니하지만 그들의 숙원을 위하는 길이기도 했다. 그 가족들의 염원을 위하는 장침이기도 했다.

―우리 일본 정부는 위안부 문제와 당사자들에게 머리 숙여 사죄합니다.

그저 짧은 한 줄 문장. 그러나 길고 긴 세월 동안 들을 수 없던 사과. 그 사과가 위안부 할머니들의 귓속으로 들어가 암 덩어리로 쌓인 회한을 장쾌하게 녹여줄 수 있기를 바랐다.

이 염원은 윤도만의 것이 아니었다. 이제는 사안을 알게 된 승주도 그랬다. 결과를 기다리는 한중관도 그랬다. 윤도의 치료가 성공하면 그는 바로 청와대에 전화를 걸 것이다. 방송사에 연락해 기자회견을 열 예정이다. 그 모든 것의 실현은 윤도의 장침 끝에 달려 있었다.

"신바."

윤도가 신바를 돌아보았다.

"네."

"조금만 기다리렴. 할아버지들 끝내고 갈게."

"제 걱정은 마세요."

"하루나도요."

여자에 대한 격려도 잊지 않았다.

VIP 병실 안. VIP가 아닌 둘은 마치 익명의 섬에 들어온 듯 어울리지 않았다. 그에 대한 배려였다.

"……!"

침을 본 승주가 숨을 멈췄다. 보조를 위해 따라붙은 일본 닥터 역시 소스라쳤다. 첫 침. 일본 정부가 애를 태우는 첫 환자 켄죠에 대한 첫 침은 바로 망침이었다.

망침은 굉장히 크고 길었다. 실처럼 날렵한 몸매에서 팅 하는 울림까지 났다. 그 망침이 켄죠의 복부를 뚫고 들어갔다. 일본 닥터는 눈을 의심했다. 그도 침을 아는 사람이었다. 그렇기에 보조 겸 감시자의 역할로 선발되었다. 하지만 윤도의 침은 그가 아는 침이 아니었다. 저 큰 망침이 허공을 찌르듯 스르륵 들어가 버린 것이다.

'하아.'

아찔한 한숨이 나왔다. 만화 속에서나 가능한 일이었다. 그가 어린 날 읽은 판타지 속에서나 가능한 일. 그러나 지금은 현실이었다. 현실…….

윤도는 그의 반응 따위에 개의치 않았다. 망침을 관통시킨

건 췌장암 세포 중에서 가장 강력한 덩어리였다. 그것을 찔러 고정시킨 것이다. 전쟁으로 치면 적의 심장부를 묶어놓고 시작하는 격이었다.

장침이 출격했다. 사실 한방의 암 진단과 치료도 줄기가 잘 서 있었다. 일반적인 진단은 은문에 가까운 신대극혈의 압통에서 정보는 받는다. 거기 압통이 오면 신체 어느 부위엔가 암이 있다고 보는 것이다. 위암 같은 경우에는 좌양문에 압통이 오는 경우가 많았다. 기본 치료 혈자리는 삼음교를 중심으로 짚는다. 나아가 간경을 치료하고 기통을 위해 사관과 중완, 기해혈 등을 취한다.

암의 치료는 실증으로 보아 승격을 쓴다. 다만 승격이 과하면 환자에 무리가 가므로 선보후사를 원칙으로 삼는다. 같은 맥락에서 항체 세포를 증식시키는 것도 빼먹지 않는다. 합곡을 시작으로 곡지, 수삼리, 견우, 양로혈 등이 이때 사용된다. 나아가 열에 약한 암세포의 원리를 이용해 뜸을 뜬다. 하지만 이건 일반적인 치료의 예일 뿐이다.

윤도의 장침은 신침. 손가락이 스스로 알아서 하니 거칠 것이 없었다. 약침이 속속 췌장암의 실질세포 속으로 들어갔다. 신성한 성분을 맺은 약침들은 쉬지 않고 췌장의 암세포만을 공략했다.

백발백중의 화침.

윤도의 장침이 그랬다. 침 끝마다 아련한 연기가 맺혔다. 비원의 열기였다.

41.5℃

42.2℃

침 끝에 맺히는 화침의 온도는 치밀한 계산하에 상승했다. 화침이다. 암세포에만 작용하는 신침의 뜨거운 맛이었다.

뿌워어!

암세포들의 비명 소리가 들리는 듯했다.

작은 암세포는 작은 대로, 큰 것은 큰 대로 암 덩어리의 핵을 찌르며 병세의 전열을 무너뜨렸다.

다음에는 담음을 공략했다. 일반적인 시침이라면 췌장암과 담음, 담괴를 따로 떼어 시침해도 쉽지 않을 일. 그 둘을 한꺼번에 몰아붙이는 윤도지만 환자에게는 부담을 주지 않았다. 그래서 신침이었다.

담음은 골칫덩어리다. 켄토의 담음도 그랬다. 췌장암이 아니더라도 그는 이 담괴로 죽을 수도 있었다. 치료 시기를 놓쳤고 진단마저 다르게 나온 까닭이다.

담음은 비단 가래만을 뜻하지 않는다. 눈에 보이지 않는 담음까지 망라한다. 비만과도 연관이 있었다. 담음은 무엇보다 기혈 순환을 저해하는 게 문제였다. 많은 병의 원인이 되기에 이름도 다양했다. 한담, 습담, 열담, 울담, 기담, 식담, 풍담 등이 있는데 그중에서도 풍담이 가장 심각할 수 있었다. 풍담이 오면 반신불수와 어지럼증, 경련까지 일어날 수 있기 때문이다.

사각.

스슥.

장침이 꽂힐 때마다 켄토의 사색이 조금씩 풀렸다. 지켜보던 일본 닥터의 창백함 역시 조금씩 풀려 나갔다.

두 번째 환자는 손과 발부터 시침했다. 그에게 들어가는 침이 감김 현상을 보인 것이다. 이는 아까 예비 시침에서 확인한 현상이다. 침이 몸 안에서 감기면 문제가 많다. 때로는 침이 빠지지 않는 경우도 있다. 이럴 때는 근축혈과 양릉천혈을 찌르면 된다. 그래도 안 빠지는 침은 침이 들어간 혈자리 부근에 침을 몇 개 넣어 긴장을 풀어야 한다. 하지만 공연한 수고를 자처할 필요가 없었다.

'비강암……'

환자의 암 발생 부위이다. 암 세력은 후두까지 내려가 있었다. 비강은 폐와 연관이 된다. 위장과의 관계도 염두에 둘 필요가 있었다.

기의 보강을 위해 위의 모혈인 중완혈과 폐의 모혈인 중부혈에 침을 넣었다. 그런 다음 거침없이 약침을 사용하기 시작했다.

오늘 윤도의 칵테일 약침은 세 가지였다. 하나는 사악한 기운과 독을 내치는 웅황을 기본 베이스로 하는 약침, 또 하나는 몸의 혹을 없애는 작용이 탁월한 추어의 농축액을 베이스로 만든 약침, 나머지는 피부암을 위한 약침이었다.

환자의 코와 목 주변에 장침 꽃이 피기 시작했다. 작은 암세포 하나도 놓치지 않았다.

"……."

지켜보는 환자들은 숨도 쉬지 못했다. 침이 들어가면 환자의 병색이 호전되는 게 보였다. 그래서 다들 떨었다. 자기 차례가 오기를 숨 죽여 기다리는 것이다.

그렇게 환자들 차례가 줄어들었다. 네 번째, 다섯 번째, 여섯 번째…….

시침을 마친 윤도가 겨우 숨을 돌릴 때, 여섯 암 환자들의 몸에는 숭고한 장침이 빛나고 있었다.

"원장님."

승주가 물을 내밀었다. 이제 보니 물 마실 틈도 없이 달려온 윤도였다. 그렇기에 지켜보던 닥터마저 공손히 고개를 숙였다. 윤도에 대한 존경의 표현이다.

숨을 돌리고 신바에게 다가갔다. 신바가 조용히 웃었다.

"오래 기다렸지?"

윤도가 말하자 승주가 전해주었다.

"아뇨."

신바가 고개를 저었다.

"그럼 시작할까?"

"네."

신바의 야무진 대답과 더불어 시침이 시작되었다. 아까 미리 놓은 신주혈의 효과는 괜찮았다. 신장의 기가 올라와 있었다. 바로 약침이 들어갔다. 신장과 비장, 폐를 위한 장침이었다. 이미 미나토를 통해 피부암을 다스려 본 윤도였다. 그렇기에 주저가 없었다. 신바에게는 대장혈을 하나 추가했다. 신바의 피부암은 대장의 영향도 있었다.

사르륵.

신바의 몸에서 피부 딱지들이 떨어지기 시작했다. 윤도와 눈이 마주치자 신바가 웃었다. 윤도는 신바의 이마를 쓸어주었다.

'힘내렴. 너는 살 수 있어.'

윤도의 눈동자가 말했다.

'고마워요, 선생님.'

신바의 눈동자가 화답했다.

윤도는 바짝 조여진 침 끝을 조금씩 더 감았다. 그러다 어느 한 순간, 약침의 끝을 풀어주었다. 그러자 놀라운 일이 일어났다. 신바의 몸 표면의 피부암 찌꺼기가 비명을 지르며 우수수 쏟아진 것이다. 마치 몸에 먼지가 이는 것 같았다.

'맙소사.'

일본 닥터는 휘청거리는 몸을 가누지 못하고 벽에 기댔다. 그의 눈에 비친 윤도는 차라리 만화 속의 마법사였다. VIP 병실에 강림한 마법사.

"신바."

이제 마지막 침을 들고 윤도가 다가섰다.

"네, 선생님."

"그거 뭐야?"

윤도가 신바의 손을 가리켰다. 아까부터 뭔가를 꼭 쥐고 있는 신바였다. 윤도가 묻자 신바가 손바닥을 펴 보였다. 소나무 잎 하나가 나왔다.

"엄마가 줬어요. 겁나면 이 소나무 잎 침을 맞는다고 생각하라고."

신바가 해사하게 웃었다.

"어땠어?"

"아프지 않았어요."

"그런데 왜 그렇게 꼭 쥐고 있지?"

"엄마가 줬으니까요."

"엄마?"

"버리면 엄마가 걱정할 거예요. 엄마의 마음이니까요."

"……"

묻는 윤도의 콧등이 시큰해 왔다. 병에 걸리면, 그것도 깊은 병에 걸리면 생각이 깊어진다. 사람이 착해진다. 더구나 어린 신바였다. 그러니 이 아이는 천사와 다를 바 없었다.

"잘 참았다. 이제 딱 한 방 남았어."

"네."

"조금 뜨거울지도 몰라."

"괜찮아요."

"좀 어려운 데로 들어가야 해."

"참을 수 있어요. 엄마가 그랬거든요. 아프고 힘들어도 무조건 참으라고. 그럼 살 수 있을 거라고. 그럼 내년 여름에 엄마랑 같이 해수욕장에 갈 수 있을 거라고요."

"해수욕을 좋아하니?"

"네."

"하지만 내년 여름은 참으렴. 너는 신장을 튼튼하게 해야 하거든. 한 2년 정도 신장의 힘을 기르면 그때는 가도 돼."

"아쉽지만 선생님 말대로 할게요."

두 사람의 대화를 통역하느라 승주가 바빴다.

윤도는 온화한 미소와 함께 신바의 머리혈을 잡았다. 장침이 안으로 들어갔다. 연수에 맞닿는 곳에 암 덩어리가 보였다. 작았지만 전이였다. 그냥 두면 결국 커져서 피부암 못지않은 절망이 될 일.

내가 장침으로 명하노니,

너는 이 아이의 몸을 떠나라.

영영.

암세포를 적중시킨 윤도가 약침 끝을 감았다.

후웅!

약침 끝의 온도가 치솟기 시작했다.

7. 역대급 카리스마

사박.

윤도의 발이 마지막 환자 앞으로 다가섰다. 난소암의 하루
나였다.

"오래 기다렸죠?"

"아뇨."

그녀가 고개를 저었다. 해사한 얼굴의 그녀는 미녀는 아니
었다. 아니, 솔직히 말하면 막 생긴 편에 속했다. 하지만 눈동
자만은 말할 수 없이 선량해 보였다.

그녀에게는 격랑이 있었다. 승주가 듣고 와서 윤도에게 전한 이야기이다.

오키나와에서 태어난 하루나. 도쿄로 올라와 직장 생활을 하다가 남편을 만났다. 남편은 후쿠시마 출신이었다. 남편은 다른 남자와 달리 하루나에게 친절했다. 난생처음 생일 선물도 받았다. 어느 해 첫눈이 오는 날 남편이 청혼을 해왔다. 그렇게 결혼을 했는데 시련이 왔다. 남편은 마음이 좋은 사람. 우직하게 일만 하는 스타일이다 보니 회사에서 모함을 받았다. 교활한 상사가 자신의 부정을 남편의 책임으로 떠민 것이다. 결국 상처를 입고 사직을 했다.

"나 고향으로 가서 고기 잡으면 안 될까?"

낙담한 남편이 고백해 왔다. 남편의 아버지는 아직도 후쿠시마의 어부였다. 그가 고령이니 일을 도우며 어부의 길을 가겠다는 것이었다. 착한 하루나는 도쿄 생활을 정리하고 남편의 뜻에 따랐다. 그게 비극의 시작이었다.

후쿠시마의 정착은 어렵지 않았다. 남편의 친가가 있는 까닭이다. 남편은 도쿄의 아픔을 딛고 어부로 정착해 나갔다. 큰 고기를 잡거나 만선이 되면 제일 먼저 하루나에게 알려왔다. 처음에는 모든 게 다 좋았다.

다만 옥의 티가 있었다. 아기가 들어서지 않는 것이다. 하루나와 남편은 열심히 머리를 맞대고 임신 가능 일을 찾았다. 그날은 꼭 음양을 합쳤다. 그래도 임신은 되지 않았다.

그러던 어느 날이었다. 대지진이 나기 3개월 전이다. 임신 테스트기에 반응 액을 떨구던 하루나의 눈에 번쩍 불이 들어왔다.

"······!"

빨간 줄이 나왔다. 언제나 외줄이라 억장을 무너뜨리던 테스트기. 이번에는 두 줄이었다.

"까악!"

하루나는 비명을 질렀다. 바닷가의 집이 무너져라 비명을 질렀다. 임신이었다.

"하루나, 수고했어."

바다에서 돌아온 남편은 하루나를 업고 마당을 돌았다. 하루나는 행복했다. 얼굴이 못 생겼다고 타박하던 도쿄의 남자들, 고향 친구들. 하지만 남편은 달랐다. 하루나의 예쁜 마음과 예쁜 눈을 알아주는 단 한 사람. 그 사람을 위한 2세를 갖게 된 것이다.

"아이가 나를 닮으면 어떡하지?"

하루나는 매번 걱정이었다.

"하루나의 눈은 일본 전부를 줘도 안 바꿔. 지구 최강의 아름다운 눈을 가진 당신인데 뭐가 걱정이야?"

남편은 걱정 따위 하지 않았다.

그렇게 임신 4개월째가 되던 어느 날이었다. 어부들은 바다가 좋지 않아 출항하지 않았다. 그래서 남편과 함께 산부인과를 다녀오던 그날, 부부는 거대한 재앙 앞에 고스란히 노출되고 말았다.

"신페이."

언덕 아래의 부두 쪽에서 시아버지가 남편의 이름을 부르며 달려왔다. 바다가 보였다. 그 뒤로 한 번도 보지 못한 검은 산맥이 보였다. 우주가 쏟아지는 듯한 해일. 그건 분명 지옥이었다.

"달아나! 네 목숨을 걸고 하루나를 지켜!"

하루나가 들은 시아버지의 마지막 말이다. 악몽 같은 산은 울컥울컥 가까워지고 있었다.

"아버지!"

남편은 아버지를 향해 달렸다. 하지만 소용없었다. 산맥은 아버지의 뒤에서 무차별 쏟아지고 있었다.

"쓰나미야, 쓰나미!"

"……"

"가! 하루나를 지키란 말이야! 나는 네 엄마를 지키지 못했어!"

시아버지는 그 말과 함께 해일에 휩쓸렸다. 그제야 남편이 돌아섰다. 하루나를 차에 태웠다. 하지만 멀리 가지 못했다. 몰려나온 차로 도로가 엉망이었다.

남편은 하루나를 업고 뛰었다. 시아버지 때문이다. 사대독

자인 남편이었다. 그렇기에 손주를 애타게 바랐다. 낳기만 하면 자기가 업어서 키우겠다는 말을 입에 달고 살았다. 거기에 마지막 외침마저 얹혔다.

"나는 네 엄마를 지키지 못했어."

그런 역사가 있었다. 오래전에도 해일이 왔었다. 이날만큼은 아니었지만 굉장했다. 시어머니가 그때 해일에 휩쓸려 목숨을 잃은 것이다.

도쿄에서 내려온 남편을 조금도 탓하지 않고 받아준 시아버지. 그 소원을 위해 남편은 산을 향해 달렸다.

그리고……

우르릉!

콰아아!

바다가 일어선 듯한 지옥이 무너졌다. 모든 것을 쓸고 갔다. 하루나와 가깝던 원전과 하루나 배 속의 아기까지도. 눈앞의 대재앙을 목격한 충격으로 사산하고 만 것이다.

"미안해."

구조대에 의해 병원으로 실려 간 하루나가 한 말이다.

"괜찮아. 아기는 또 만들면 되지."

착한 남편은 하루나를 탓하지 않았다. 하루나는 맹세했다.

죽어서라도 이 착한 남편과 시아버지를 위해 아기를 낳겠다고.

하지만 그 맹세와 다짐이 방사능 피폭 앞에 무너졌다. 하필이면 원전과 가까운 산으로 대피한 하루나. 며칠 동안 대량 방사능에 노출된 까닭인지 결국 난소암을 선고받고 말았다.

난소암.

그녀에게는 사형선고보다 더 처절한 아픔에 다르지 않았다.

"난소를 적출해야 합니다."

암 진단 의사가 진단 결과를 말할 때 하루나는 격렬하게 고개를 저었다.

"그렇지 않으면 전이되어 목숨을 잃게 됩니다."

의사의 말에 하루나가 답했다.

"아이를 못 낳으면 저는 이미 죽음 목숨입니다."

"……."

"난소암 따위에 지지 않아요. 아기를 낳아야 한다고요."

하루나는 고집을 꺾지 않았다.

기적.

책이나 영화 따위에서만 본 일. 하루나는 그걸 원했다. 착한 남편에게 주고 싶은 단 하나의 선물, 아기. 아내라면 그리 특별하지도 않은 그 선물을.

그렇게 투병을 했다. 하지만 희망은 점점 멀어져 갔다. 이제는 하루나의 목숨까지 위태로운 날에 마침내 그 기적의 실 빛이 그녀의 운명에 들어왔다. 신침을 놓는 윤도를 만난 것이다.

"하루나, 아까 그분이 한국 최고의 명의래요. 미나토라고…
원전 방사능으로 피부암을 선고받아 죽음을 눈앞에 둔 사람
도 낫게 했대요."

검색을 한 신바의 어머니가 하루나 귀에 속삭였을 때, 하루
나는 허공에 뜬 시아버지의 미소를 보았다. 남편 못지않게 그
녀를 아껴주었던 시아버지. 그가 다가와 가만히 웃었다. 귀신
따위는 믿지 않지만 그 미소만은 믿었다.

'하느님.'

하루나는 바로 기도했다.

'다른 무엇도 바라지 않아요. 신페이와 시아버님을 위해 아
이만 낳게 해주세요.'

그녀의 기도는 지금도 진행형이었다.

난소.

알집이다. 영어로는 Ovary라고 한다. 자궁의 좌우에 각 한
개씩 존재한다. 난자를 보관하고 배란이 이루어지는 곳이다.
배란된 난자는 난관을 통해 자궁으로 이동하게 된다. 호르몬
분비에도 관여한다.

크기는 다양하나 대략 3~5㎝ 정도이다. 사춘기에 이르러
아몬드 모양의 형태를 보이다가 폐경 후에 다시 작아진다. 피
질과 수질로 구성되며 수질은 섬유 근육 조직과 혈관으로 되

어 있다. 하루나의 난소암 병소는 거의 정중앙이었다.

그녀는 침뜸 치료를 받은 적도 있었다. 일본 한약을 복용하기도 했다. 그때 잠시 희망을 가졌다고 했다. 하지만 암세포는 결국 우측 난소까지 마수를 뻗치고 말았다.

진맥으로 잡은 하루나의 난소암 포인트 혈자리는 명문혈과 상료혈, 차료혈이었다. 비수혈 또한 상이한 반응을 보임으로 치료 혈로 삼았다. 그 네 혈자리에 장침을 넣었다.

어려웠다.

창해일속(滄海一粟).

넓은 바다에 뜬 좁쌀 한 알이라는 뜻이다. 하루나의 혈자리가 그랬다. 그녀의 혈은 먼지 한 톨의 크기였다. 예전의 윤도라면 처음부터 '두 손을 들었을 희귀한 혈자리. 이 또한 4 대 기혈이나 8 대 기혈에 못지않았다.

그래도 보이지 않는 것보다 나았다. 게다가 중국 명의순례 때 쌀알에 소원문을 새기는 명인도 본 윤도였다. 이것은 사람을 살리는 침술. 그렇다면 쌀알을 쪼는 조각 명인의 집중력에 미치지 못할 수 없었다.

"……"

하루나의 시선은 윤도에게서 떨어지지 않았다. 기가 막혔다. 전에 일본 한의사에게 침을 맞았을 때 그는 어찌할 바를 몰라 했다. 수많은 시도 끝에 한두 혈을 찔렀을 뿐이고, 덕분에 하루나의 몸에는 피멍이 가득했다.

그런데 윤도의 침은 '제대로'였다. 스륵스륵 들어갔다. 따끔한 느낌조차 없었다. 네 개의 침이 모두 그랬다.

'이제 승부를 볼까?'

드디어 윤도의 약침이 난소를 겨누었다. 하루나의 난소 크기는 대략 4㎝ 정도. 그 중심부에 떡하니 똬리를 튼 난소암. 그러나 그건 바다의 뜬 좁쌀 한 알에 비하면 수박보다도 컸다.

삿!

사앗!

섬세한 약침이 하복부를 뚫고 난소막을 뚫었다.

"……."

윤도는 느꼈다. 침 끝이 난소 안의 암세포에 닿는 침감. 뭔가 사나운 이 느낌. 살며시 어르다 그대로 찔러 넣었다. 약침이 암세포 안으로 퍼지는 감이 왔다. 침을 감아 뜨끈한 화침을 보태주었다.

온도는 조심스레 올렸다. 난소암을 낫게 하는 것만이 목적이 아니었다. 임신을 위해서는 난소 기능을 조금이라도 저해하면 안 되었다. 그렇기에 화침은 그 어느 때보다도 조심스러울 수밖에 없었다. 온도는 천천히 42℃에 다다랐다. 암세포의 실드 무너지는 소리가 전해왔다.

'좋았어.'

같은 감각으로 우측 난소암을 공략했다. 양쪽 난소를 장악한 암들이 몸서리를 치며 발악했다. 그래도 소용없었다. 윤도의 약침은 이미 중심부를 녹여 버린 후였다. 이제 보조 침을 넣었다. 암을 없애는 양문혈, 내부의 찌꺼기를 빼내는 수삼리, 천종, 전중혈의 지원군이었다.

일차 시침 완료!

윤도의 머리가 몸에게 말했다. 동시에 힘이 쭉 빠져나갔다. 일어서던 윤도가 벽에 기댄 채 주르륵 무너졌다.

"원장님!"

승주가 달려왔다.

"괜찮습니까?"

일본 닥터도 혼비백산했다.

"괜찮아. 잠깐 다리가 풀린 것뿐."

윤도가 승주를 안심시켰다.

"조금 쉬었다가 하세요."

승주가 말했다.

"쉬는 건 다음으로 미뤄도 상관없잖아?"

겨우 숨을 돌린 윤도가 벽을 짚고 일어섰다. 여덟 환자. 그 치료는 아직 끝난 게 아니었다. 다시 첫 환자로 돌아갔다. 발침을 하고 진맥을 했다. 담괴는 작살나고 없었다. 하지만 암

뿌리 두 개가 남아 있었다. 구석진 곳이었다. 약침을 넣어 끝장을 봤다.

"우에엑!"

폐암 환자가 다시 토악질을 시작했다. 승주가 핏물을 닦았다. 그 또한 작은 암 덩어리가 숨어 있기에 마무리를 했다. 그렇게 VIP를 돌아 신바에게 돌아왔다. 신바는 아직도 소나무 잎을 쥐고 있었다. 윤도가 발침을 했다.

"선생님."

신바의 입이 열렸다.

"응?"

"그 침, 저 하나만 주면 안 돼요?"

"침은 뭐 하게?"

"소나무 잎이 부러져 버렸어요. 그 침을 소나무 잎처럼 간직하게요."

신바가 손을 펴 보였다. 소나무 잎은 시들어 꺾인 지 오래였다.

"그러렴. 하지만 소독을 해야 하니 조금 기다려 줄래?"

"네, 문제없어요."

신바가 하얗게 웃었다. 그 웃음을 따라 얼굴의 피부암 찌꺼기가 흘러내렸다. 보기가 좋았다.

"기분 어때요?"

마지막은 하루나였다.

"너무 개운해요."

"탕약을 먹어야 해요. 제가 한국의 한의원에 말했으니 곧 가져올 겁니다. 한 일 년 정도 가료하면 아이를 가질 수 있을 겁니다."

"일 년……."

하루나의 눈 속에 별이 반짝거렸다. 그 별의 주인공은 남편일까, 시아버지일까, 아니면 새로 갖게 될 아이일까? 따뜻한 생각을 하며 침을 뽑았다. 다행히 하루나의 난소 속에는 마수의 흔적이 남지 않았다. 하늘은 스스로 돕는 자를 돕는다. 하루나를 치료하면 윤도가 얻은 신념이다.

여덟 환자의 암 치료는 월요일 아침까지 계속되었다. 이틀 동안의 강행군이었다. 이틀 동안 윤도는 물 외에는 무엇도 먹지 않았다. 한중관이 발을 굴렀지만 윤도는 듣지 않았다.

실제로 밥 먹을 시간도 없었다. 여덟 환자는 신경통 환자가 아니었다. 골절도 아니었다. 다들 저승에 한 발을 들여놓은 말기암 환자들. 그렇기에 윤도는 사력을 다해 이들의 운명을 현생으로 끌어냈다. 모든 것을 바친 시침이었다.

"신바."

치료의 끝은 소년이었다. 신장과 비장, 폐장, 대장의 기를 보해준 윤도가 신바의 앞에 섰다.

"선생님."

신바의 얼굴은 이제 더 이상 괴물이 아니었다.

"받으렴."

윤도가 장침 세 개를 건넸다. 신바를 찌른 침이었다.

"하나는 신바, 또 하나는 엄마, 또 하나는 아빠 몫이야."

"와아!"

환호하는 신바를 윤도가 안았다. 햇살을 안은 듯 피로가 풀려 나갔다. 그 시선 너머로 거짓말처럼 월요일의 아침 해가 뜨고 있었다. 희망이 뜨고 있었다.

그리고 그 햇살을 따라 리무진 차량 무리가 도착했다. 차에서 총리가 내렸다. 일본 총리였다.

일본 총리는 비서실장, 외무부 장관 등과 함께였다. 집권 여당의 당수도 보였다. 슈스케와 차관, 타다요시와 무라다 등이 달려나와 그를 영접했다. 깍듯했다. 인사 하나에도 절도와 절제가 엿보였다. 미나토는 무리의 뒤에 있었다. 총리는 슈스케를 지나쳐 미나토 앞에 멈췄다. 그는 총리를 맞아서도 거목처럼 우뚝했다.

"어르신."

총리가 먼저 미나토에게 허리를 숙였다.

"큰 결심 하셨소."

미나토는 한마디로 답했다.

총리는 VIP 병실을 향해 걸었다. 와타루와 치모모가 병실 문을 열었다.

"오!"

총리의 걸음이 멈췄다. 여섯 환자가 보였다. 그들 여섯은 모두 총리의 정치적 후견인이거나 정권 창출의 산파들. 윤도의 고집으로 들어와 있던 신바와 하루나는 자기 병실로 내려간 후였다.

짝짝!

VIP 환자들은 박수로 총리를 맞았다. 죽음의 강 앞에 서성이던 그들에게 새 생명의 길을 열어준 사람. 치료자는 윤도였지만 시작은 총리였던 것이다. 총리는 정중한 인사로 그들의 박수에 화답했다. 지난번 보았을 때는 반 정도 죽어 있던 사람들. 그들 모두에게서 생기가 피어나고 있었다.

"한국의 한의사가 채윤도라고 했나?"

총리가 슈스케를 돌아보았다.

"그렇습니다."

"모셔오게."

"그게……."

총리의 명에 슈스케가 당혹스러운 표정을 지었다.

"왜? 한국의 외교 차관이 와 있다더니 그와 함께 있는 건가?"

"아닙니다. 한중관은 기자회견차 주일 대사관으로 갔습니다."

"그럼?"

"지금 치료 중입니다."

"치료? 치료는 끝난 거 아닌가?"

"그게… 쉬지도 않고 1층의 일반 피폭 환자들을……."

"……!"

"여기 원로님들을 위한 특별 탕약이 지금 한국에서 오는 중이라고 합니다. 그때까지는 진짜 침술을 펼치겠다고."

"진짜 침술?"

"더 아프고 더 가난하고 더 힘없는… 그렇게만 말했습니다. 원로님들을 위해 이틀 밤을 새웠는데 겨우 죽 한 그릇만 먹고 강행군을 하고 있습니다. 죄송하지만, 총리 각하께서 부른다고 해도 오지 않을 사람입니다."

"정말… 정말 그렇단 말인가?"

되묻는 총리의 표정이 비장했다.

"예. 1층에서도 벌써 세 명을 고치고 있다는 보고가……."

"……!"

총리의 얼굴이 하얗게 얼어붙었다. 그를 수행하는 비서실장과 외무부 장관도 그랬다. 국가 원로급 여섯 명, 아니, 미나토를 합쳐 일곱을 살린 한의사. 목에 힘을 주며 귀빈 대접을 요구해도 모자랄 판에 일반 환자들을 위한 진료라니…….

'정녕 한국인들은…….'

총리는 전율을 감추지 못했다.

그 시각.

윤도는 1층 소아병동에 있었다. 모두 초등학생 연령대의 환자들이었다. 장침이 들어가도 누구 하나 겁먹지 않았다. 신바 때문이었다.

"지구 최강의 침을 놓는 선생님이야. 내 피부암도 다 낫게 해주셨어."

신바가 움직일 때마다 우수수 딱지와 결절 찌꺼기가 휘날렸다. 아이들은 누구 하나 눈살을 찌푸리지 않았다. 흉측한 몰골이던 신바의 암이 나았다. 자기들보다 더 심해 길어야 한두 달 살 거라던 신바이다. 아이들은 어리지만 목숨에 대한 희망은 본능으로 알고 있었다.

'우리를 살려줄 한의사님.'

아이들의 눈이 초롱초롱 빛을 발했다. 생명을 갈구하는 빛이었다. 소아병동의 마지막 말기암 환자는 갑상선암이었다. 갑상선을 따라 인후두 전반에 전이되어 있었다. 고통으로 늘어졌던 아이. 윤도의 침이 들어가자 거짓말처럼 몸에 생기가 돌았다. 그때 윤도의 뒤로 기척이 느껴졌다.

"원장님."

승주의 목소리가 떨렸다. 일본 총리였다. 그가 미나토와 슈스케, 외무부장관을 위시해 수행원을 병풍처럼 거느리고 들어와 있었다.

"채윤도 선생."

총리가 윤도를 불렀다.

"진료 중이야. 환자들에게 해로우니 용건이 있으면 진료가 끝난 다음에 다른 곳에서 보자고 전해줘."

윤도는 돌아보지 않았다. 총리라는 이름조차 듣지 못했다. 윤도는 오직 장침에 집중할 뿐이었다. 아이 안에 자리한 암세포를 녹이는 데 올인하고 있었다.

"알겠습니다. 그럼 기다리고 있겠습니다."

총리는 절제된 인사를 두고 돌아섰다.

뚜벅뚜벅!

발소리가 멀어졌다.

"원장님, 너무 멋져요."

보조하던 승주가 엄지를 세워 보였다.

"뭐가?"

"방금 온 사람 말이에요 일본 총리대신이래요."

"그래?"

"예? 그럼 누군지도 몰랐던 거예요?"

"그 사람이 총리인 게 중요하겠어? 이 아이들 암세포 잡는 게 중요하지."

그사이에도 윤도의 약침은 쉬지 않고 혈자리를 잡았다.

그 약침이 멈춘 곳은 여자 병동이었다. 70대 초반의 할머니에게 위암 치료를 하던 윤도는 반가운 손님을 맞아 시침을 멈췄다. 진경태와 정나현이 날아온 것이다. 두 사람의 방일은 윤도의 지시였다. 여섯 VIP와 신바, 하루나를 위한 특별 탕제를 지시했다. 암의 완치와 사후 관리를 위해 필수적인 일이었다.

밖으로 나온 복도에서 비로소 총리의 얼굴을 보았다. 복도를 지키던 와타루가 총리에게 연락하자 총리가 내려온 것이다.

"우리 일본국의 총리대신 각하라오."

미나토가 말했다. 총리 뒤로 수많은 관료들이 보였다.

"채윤도 선생."

총리가 입을 열었다.

"일본국을 대표하여 경의를 표하는 바입니다."

"예."

"차 한잔할 시간이 있겠습니까?"

"죄송하지만 치료가 끝나지 않았습니다."

윤도가 거절했다. 어쩌면 전쟁터보다 더 치열한 병원. 차 마실 시간이면 한 명을 더 치료할 수 있었다.

"아, 그렇군요. 그럼……."

총리가 다시 인사를 전해왔다. 답인사를 하고 계단으로 걸었다.

"일, 일본 총리라고요?"

VIP 병실 앞에서 진경태가 물었다.

"그렇다고 하네요."

"세상에, 일본 총리……."

"뭐가 잘못됐어요?"

"그건 아니지만……."

"약은 제대로 챙겨 오셨죠?"

"그럼요. 원장님 지시받고 그 시간부터 조제한 겁니다."

"그럼 됐어요. 환자들에게는 총리보다 탕약이 더 필요하니까."

윤도가 VIP 병실 문을 열었다.

윤도의 탕약.

나중에 밝혀진 사실이지만 일본 의학계는 이 탕약의 샘플을 가져가 분석했다. 일본의 기술 수준으로 어려운 일도 아니었다. 하지만 그들이 똑같이 만든 탕약은 윤도의 탕약과 같은 효과를 내지 못했다. 아무리 애를 써도 주요 성분비를 맞추지 못한 것이다.

몇 가지 비방 때문이었다. 우선 산해경의 영약이 그랬다. 탕제에 산해경 영약은 들어가지 않았다. 하지만 영약과 함께 시침한 혈자리의 변수가 있었다. 그 변수의 기혈 조화를 맞춘 진경태였다. 그러니까 침술이 없는 단방 처방이라면 약제의 성분 구성비가 달라질 일. 일본이 그걸 알 리 없었다.

두 시간 후, 한중관이 돌아왔다. 도쿄의 주일 대사관에서 기자회견을 마친 후였다. 원래는 한국으로 돌아가 청와대에 보고한 후에 발표할 생각이었다. 하지만 현장에서 못을 박는 게 좋다고 판단했다. 각서를 받았다지만 시간이 흐르면 변할 수도 있는 게 외교이기 때문이다.

다행히 청와대도 공감을 표시해 왔다. 외교장관의 결재를 득한 한중관은 한국 대사관에 기자들을 불러 모았다. 일본 기자보다 외신을 더 많이 불렀다. 거기서 위안부 문제에 관한 한일 비공식 회담의 협의 사항을 공개했다.

"일본은 한일 위안부 협정과 별개의 문제로 총리대신이 근간 직접 명시적이고도 진정성이 담긴 사과문을 발표하기로 합의했습니다."

한중관의 발표는 세계를 뒤집어놓았다. 특히 일본과 한국이 그랬다. 21세기가 지나가도 평행을 달릴 것만 같던 위안부 문제. 마침내 일본이 진정한 사과 쪽으로 가닥을 틀었다는 타전이었다. 그야말로 오랜 숙제가 해결된다는 암시였다.

기자들의 질문이 쏟아졌다. 하지만 그 이면의 디테일은 나오지 않았다. 한중관의 심정으로야 윤도의 공을 죄다 알리고

싶었지만 그건 일본 정부와의 약속이었다. 하지만 한중관은
알고 있었다.

사랑과 연기는 숨길 수 없다는 말처럼 이 건은 숨길 수 없
는 일이었다. 그건 윤도의 의술에서 엿보이고 있었다. 한중관
이 주일 대사관으로 출발할 때 윤도는 1층의 소아병동으로
향하고 있었다. 일본 정부가 선발한 VIP들은 침묵할 수 있었
다. 관계자들도 침묵할 수 있었다. 하지만 그 아이들, 윤도의
침술로 새 희망을 가질 아이들의 입까지는 막을 수는 없었다.
그렇기에 진실이 전파되는 데는 단지 시간이 걸릴 뿐이었다.
그리고 그렇게 전파된 진실은 한중관이 발표하는 것보다 자연
스럽고 파괴력이 있을 것이다.

"수고하셨습니다."

때늦게 날아온 외교부 직원들이 한중관의 노고를 높이 사
주었다. 한중관은 한마디로 그들의 말을 막았다.

"이 노고는 채윤도 선생의 것이야. 누구든 채 선생의 공로에
묻어갈 생각 따위는 하지 말도록. 이건 외교부의 공이 아니라
부끄러움이니까."

"예?"

"우리가 해야 할 일 아니었나? 그걸 못하고 있다가 채윤도
선생이 이룬 거야. 그러니 우리 공처럼 어깨에 힘주지 말고 뒤
치다꺼리나 제대로 하란 말이야!"

한중관의 촌철살인 한마디에 외교부 직원들은 숨소리를 죽였다. 그거야말로 팩트였다.

팩트!

그날 윤도는 저녁까지 시침을 했다. 1층 환자만 무려 36명을 돌보았다. 다행히 중기의 암 환자들도 있었지만 생존에 치명적인 말기암 환자들이 많았다. 그렇기에 차마 침을 거둘 수 없었다. 약침이 바닥나도 상관없었다. 윤도의 신침은 오직 약침에 의한 것만이 아니었다. 상황이 심각한 사람에게는 약침을 넣고 그렇지 않으면 양문혈과 수삼리혈, 천종혈과 전중혈을 잡았다. 거기에 오장육부의 수혈과 모혈을 더하니 환자들에게는 천군만마의 치료가 되었다.

치료를 마친 윤도가 병실을 나오자 병원장이 다가왔다.

"채 선생."

병원장은 복도에서 윤도에게 큰절을 올렸다. 의사로서 윤도에 대한 경의였다. 자신의 병원에 있는 환자들을 돌봐준 데 대한 보은의 인사였다.

"가시죠."

대기 중인 차 문은 한중관이 몸소 열어주었다. 차량은 모두 석 대가 준비되어 있었다.

"채윤도 선생님."

차에 오르려는 순간 아이들의 목소리가 들렸다. 윤도가 돌아보았다. 하늘에서 노란 비행기들이 날아왔다. 아이들이 창문에서 날려 보낸 비행기였다.

"고맙습니다. 선생님을 잊지 않겠습니다."

아이들이 합창했다. 그중에서도 신바의 목소리가 가장 컸다.

"신바, 또 보자! 약 잘 챙겨 먹고!"

윤도가 화답했다.

"선생님!"

외침은 여자 병동에서도 새어 나왔다. 그녀들은 노란 손수건을 흔들어댔다. 노란 손수건은 세계적으로 다시 돌아와 달라는 염원의 상징이다. 그녀들 사이에 하루나가 엿보였다. 하루나는 두 손을 흔들며 아쉬움을 달랬다. 윤도도 그녀들을 위해 손을 들었다. 착한 하루나. 이제 그녀의 고단한 소원이 이루어지기를. 그리하여 그녀의 시아버지와 남편에게 희망이 되기를.

"채윤도 선생님!"

선생님.

선생니임.

그들의 목소리가 섞여 희망의 메아리를 이루었다.

하지만 2층은 조용했다. 누구도 내다보지 않았다. 어쩌면 그들은 벌써 자신들의 웅장한 저택으로 돌아가 호사를 누리고 있을 수도 있었다. 하지만 신경 쓰지 않았다. 윤도는 치료를 한 것뿐이다. 보답 따위를 바란 것이 아니었다. 아이들과 여자 병동, 이 목멘 응원만으로도 가슴은 충분히 뜨거웠다.

"채 선생."

미나토가 다가왔다.

"인도적인 의술, 진심으로 고맙게 생각합니다."

미나토가 고개를 숙였다. 윤도도 인사로 답했다. 국보급 고미술품을 한국 정부에 반환하고 이제는 위안부 사과의 단초까지 제공한 사람. 그렇기에 좋은 것만 생각하고 싶었다.

"가지."

한중관이 운전수에게 말했다. 차는 사뿐하게 병원 마당을 나섰다.

"선생님!"

창문을 타고 앉은 신바가 또 다른 비행기를 날렸다.

"잊지 않을게요! 안녕히 가세요!"

신바의 종이비행기는 오래오래 윤도의 차를 따라왔다.

8. 국민훈장 무궁화장

"원장님!"

그로부터 이틀 후, 한 환자의 시침을 마쳤을 때 승주가 침
구실로 뛰어들어 왔다. 이제 윤도의 피로는 완전히 풀려 있었
다. 돌아오는 비행기에서의 두 시간. 그건 인생 꿀잠이었다.
비행기가 인천에 착륙한 뒤에야 눈을 뜬 윤도였다. 일본 정부
는 다음 날 10억을 보내왔다. 배달자는 와타루였다. 윤도는
군말 없이 돈을 받았다. 어차피 돈은 무한으로 지를 수 있다
고 한 그들이다. 암 환자만 열 명도 넘게 구해냈으니 사양할
이유가 없었다.

"쉬잇!"

윤도가 승조에게 조용히 하라는 사인을 냈다. 환자가 막 잠이 들려는 찰나였다.

"죄송해요. 하지만 뉴스를 보셔야 해요."

승주는 한껏 고조되어 있었다.

"뉴스?"

"어서요. 지금 일본 총리가 위안부 사과문 발표한대요."

"······!"

윤도가 대기실로 나왔다. 진경태와 종일도 나와 있었다. 차례를 기다리던 환자들까지 시선이 텔레비전으로 쏠렸다. 기자가 나왔다. 일본 정부청사 앞이었다.

[국민 여러분, 여기는 일본입니다. 지금 일본 총리의 기자회견이 열리기 직전입니다.]

기자의 멘트가 끝 간 데 없이 높아졌다.

[이제 잠시 후면 일본 총리가 나와 기자회견을 가질 예정입니다. 한국 정부의 확인에 따르면 일본 총리가 지금까지의 위안부 관련 발언에서 진일보한, 진정성 있는 사과문을 발표할 예정이라고 합니다. 지난주 주일 대사관에서 이에 대한 협의를 마친 것으로 알려진 한중관 외교부 차관에 의하면··· 아, 지금 막 일본 총리가 나오고 있습니다.]

긴박한 멘트 뒤로 일본 총리가 보였다. 카메라가 쉴 새 없이 터졌다. 일본 총리는 다소 상기되어 있었다. 그는 경직된 인사와 함께 사과문 발표에 들어갔다.

[친애하는 국민 여러분…….]

총리의 낭독이 시작되었다. 윤도의 한의원 대기실도 숨을 죽였다.

[…이에 본 총리는 일본 정부를 대표하여 과거 한일 양국의 역사에서 일어난 조선 위안부 문제와 그로 인해 피해를 입은 위안부 모두에게 머리 숙여 사죄의 뜻을 전하는 바입니다.]

사죄.

명시적인 단어가 나왔다.

펑!

퍼펑!

플래시가 총리를 향해 맹렬하게 쏟아졌다. 기자들이 질문을 퍼부었지만 총리는 질문을 받지 않았다. 미친 듯이 달아오른 보도진. 현장 분위기는 그야말로 활화산이었다.

윤도가 가만히 웃었다. 오랜 숙원이던 일본 정부의 공식 사과. 본래 저 자리에는 위안부 할머니들이 있어야 했다. 그들 앞에 고개를 숙여야 했다. 하지만 이것만으로도 엄청난 성과였다. 마침내 총리의 공개 사과를 듣게 된 것이다.

"원장님……."

사연을 아는 승주의 눈에 눈물이 고였다.

"왜 그래? 좋은 날에⋯⋯."

"키힝, 저게 다 누구 때문인데요?"

"그게 중요해?"

"그건 아니지만⋯⋯."

"승주 씨 몫도 커. 우린 그냥 평생의 자부심으로만 갖고 살자고."

"알겠어요."

승주가 눈물을 훔쳤다. 그걸 바라보던 진경태가 따뜻하게 웃었다. 나중에 탕약을 가지고 왔기에 그도 사연을 알고 있었다.

빠라빠빠빵.

방송이 끝나갈 무렵 윤도의 전화기가 울렸다. TBC 방송의 성수혁 차장이었다. 그는 총리 발표문의 이면을 알고 있었다. 수많은 기레기 속에서 군계일학으로 정통 기자의 길을 걷는 그. 그가 판단할 때 일본 정부가 이렇게 전격적인 사과를 할 이유가 없었던 것이다.

그는 미나토에서 실마리를 찾았다. 미나토라면 현재의 일본 정권의 막후 조정자의 능력을 가진 사람. 그렇게 엮어가다가 윤도의 일본행을 알게 되었다. 그의 레이더는 정보부처 못지않게 돌았다. 그리고 마침내 윤도가 도착한 일본 병원, 거기에 모인 일본 정부의 요인들, 나아가 한중관까지 방문한 기록을 확인한 것이다.

―언제 자수하실 거죠?

성수혁이 은근히 운을 떼었다.

"아직은 발침할 시간이 아닙니다."

윤도는 침술에 빗대 불가를 선언했다.

―좋습니다. 그럼 발침하면 제가 0순위 예약입니다.

"그건 약속하죠."

윤도가 말했다. 그러면 1번 타자가 될 자격이 있었다.

퇴근 무렵, 윤도는 손님들의 방문을 받았다. 한중관과 국정
원 차장보 김광요에 청와대 비서관까지 동행했다.

"채 선생님."

세 사람은 반색하며 원장실로 들어섰다. 셋 다 윤도와는 구
면이었다.

"굉장한 일을 하셨습니다."

김광요가 대뜸 윤도를 포옹했다. 한중관에게서 사건 전말
을 들은 눈치였다.

"대통령께서 지금 완전 고무되어 있습니다. 당장 달려오고
싶어 하셨지만 외국 국빈이 내방 중이라서……."

비서관도 고무되기는 다르지 않았다.

"일본 총리 기자회견은 보셨죠?"

한중관이 물었다.

"예."

"나는 아주 쓰러질 뻔했습니다. 사죄라는 말이 나올 때는 심장이 다 떨리더라니까요."

"차관님이야 그럴 만하지요. 제가 얼떨결에 저지른 일이라 많이 놀라셨을 것 같습니다. 게다가 혈혈단신으로 일본 정부 관계자들과 담판을 한 것과 다름없으니……"

"이런 담판이라면 언제든지 저질러 주십시오. 책임지고 뒤처리하겠습니다."

한중관의 목소리에는 신뢰와 애정이 가득했다.

"아무튼 고맙습니다. 차관님이 바로 응답하지 않았다면 저도 어떻게 되었을지……"

"그래서 말씀드리지 않았습니까? 채 선생님이 저를 두 번이나 살렸다고."

"별말씀을……"

"우리가 지금 생존 위안부 할머니들 만나고 오는 길입니다. 이분들, 자기들 앞에서 한 말이 아니라 조금 아쉽지만 가슴팍의 응어리가 쑥 내려갔다고 하더군요."

"다행이네요."

"할머니들에게는 채 선생님 귀띔을 해주었습니다. 유명한 한의사 선생님이 막후에서 분위기 조성을 하는 바람에 낭보를 건지게 되었다고요."

"제가 뭐 한 게 있다고⋯⋯."

"아닙니다. 이건 정말이지 역사에 남을 외교입니다. 그동안 미인계니 황금계니 이간계니 하는 전략을 많이 써왔지만 의술계는 처음입니다. 아니, 장침계인가요? 이걸 계기로 우리 외교 정책에도 다양한 방안을 접목해 볼 생각입니다."

"예⋯⋯."

"그리고⋯ 아, 그건 정 비서관께서 직접 말씀하시죠."

한중관이 비서관에게 공을 넘겼다.

"뭐 그냥 하던 분이 하시지⋯ 저더러 갑자기 끼라니 두 분이 공들인 상에 숟가락 끼워놓는 기분입니다."

"그래도 모양새가 그게 아니지요."

"그렇다면⋯⋯."

비서관은 목청을 가다듬고 뒷말을 이었다.

"채 선생."

"예."

"사실 이 일은 지난번부터 거론이 되던 일입니다만 이번 일을 기회로 확실하게 결정을 내리게 되었습니다."

"⋯⋯?"

"대통령께서 채 선생에게 훈장을 수여하기로 하셨습니다."

"예?"

"훈격은 국민훈장 무궁화장입니다."

비서관이 재차 강조했다.

국민훈장 무궁화장.

무려 1등급 국민훈장으로 정치, 경제, 사회, 교육, 학술 분야 등에서 국민의 복지와 국가 발전에 탁월한 공적을 세운 사람에게 수여하는 훈장이다. 보통 대형병원장으로 정년 퇴임을 하는 의사 중에 동백장이나 모란장을 받는 사람이 나오는 것에 비하면 파격 그 자체였다.

"제게 훈장을요?"

놀란 윤도가 되물었다.

"당연하죠. 남북 물밑 접촉을 도왔고 북한 병사를 살리는 일에도 기여, 나아가 수십억의 신약 개발 계약금을 쾌척하더니 마침내는 위안부 사과의 막후에서 혁혁한 공을 세웠습니다. 훈장 하나로는 모자라는 일이지만 상훈법이 그렇다 보니……"

"말씀하신 일들은 저 혼자 한 일이 아닙니다."

"예?"

"신약 개발의 공은 강외제약 대표님과 저희 한약사님도 그늘에서 고생하셨고 북한 병사 건은 중증외상 전문의 손석구 선생님이 애를 쓴 일입니다. 나아가 이번 위안부 사과의 기반이 되었던 일본 VIP들 진료에는 우리 김승주 간호사도 몸을 돌보지 않고 간호를 했습니다. 그러니 어떻게 저 혼자 세운 공처럼 훈장을……."

"어이쿠, 우리가 그걸 생각지 못했군요."

"……."

"당장 청와대로 돌아가서 의견을 드리도록 하겠습니다. 대통령께서 고무되어 계시니 반영되리라 생각합니다."

"다른 분들에게도 상을 준다는 말씀입니까?"

"그래야죠."

"그게 가능합니까?"

"가능해야지요. 국민 영웅 채윤도 선생의 의견 아닙니까? 그것조차 못 한다면 제가 청와대에 사표 내겠습니다."

비서관은 유의미한 성과를 약속해 주었다.

"그건 그렇고, 차관님."

윤도의 시선이 한중관에게 건너갔다.

"네."

"기자들이 접근하고 있는데 어떻게 할까요? 이건 정부 문서처럼 보관 기간 같은 게 없나요?"

"위안부 사과문 발표의 일화 말씀이군요?"

"예."

"그렇잖아도 대통령께서 거기에 관련된 의견을 주셨는데……."

'대통령 의견?'

윤도가 고개를 들었다.

"대통령께서는 채 선생에게 훈장을 수여하는 자리에 거동이 가능한 위안부 할머니들을 초대하려는 생각을 가지고 있습니다. 이건 우리 정부가 나서서 성취한 공이 아니고 채 선생의 공 아닙니까? 위안부 할머니들에게 사실을 이야기하실 모양입니다. 정부가 나서서 이룬 공인 척하면 그 또한 위안부 할머니들을 속이는 것에 지나지 않는다고……."

"……"

"그렇게 되면 어차피 알려질 일입니다. 게다가 저희 부처 분석인데 일본 정부에서 이렇게 발표를 앞당긴 것에는 이유가 있습니다."

"이유라면?"

"도쿄에서 채 선생님이 치료한 암 환자가 무려 수십 명에 달합니다. 일본에는 눈이 없고 SNS가 없겠습니까? 여기 김광요 차장보의 말에 의하면 도쿄를 중심으로 채 선생님 소문이 번지고 있다고 합니다. 한국의 명침 명의가 일본으로 건너와 방사능에 신음하던 암 환자 수십 명을 살리고 돌아갔다고."

"……!"

"그러니 뭐든 선생님 마음대로 하십시오. 거기에 대한 옵션 같은 건 애당초 받아들이지도 않았고 저들처럼 팩트를 부정하거나 가공하는 것도 아니지 않습니까?"

한중관의 답변은 사이다처럼 시원했다. 일본 당국이 왜 이 사람을 껄끄러워하는지 알 것 같았다.

"알겠습니다. 기자들이 냄새를 맡고 졸라대는 바람에……."

"그럼 우리는 이만 가보겠습니다. 아까 말씀드린 의견 반영 해서 조만간 청와대에서 뵙기를 바랍니다."

인사는 청와대 비서관이 대신했다.

"원장님."

방문객들이 돌아가자 승주가 빠끔히 고개를 디밀었다.

"아직 퇴근 안 했어?"

"조금 늦으면 어때요. 그런데… 뭐래요? 원장님 잘못되는 거 아니죠?"

"내가? 왜?"

"우리나라 정부가 하는 일이 그렇잖아요. 뭐 하나 믿을 만 한 구석이 있어야지……."

"김 샘 표창 챙겨주러 왔다는데도?"

"예? 저요?"

"한번 기대해 봐. 우리 둘 다 주는 거 아니면 안 받는다고 했으니까. 일본 라멘 좋아한다고 했는데 그것도 한 그릇 못 사주고 왔잖아."

"원장님……."

승주는 또 한 번 눈물 글썽 모드로 들어갔다.

원장실로 돌아온 윤도가 전화기를 집어 들었다. 누른 번호는 성수혁 기자였다. 어차피 약속한 일이니 0순위 예약을 받을 생각이다.

"나이스!"

한달음에 달려온 성수혁이 쾌재를 불렀다.

"잠깐만요. 저 전화 좀 걸게요."

그는 바로 편집국장 전화번호를 눌렀다.

"국장님, 저 성 차창입니다."

성수혁의 목소리가 높았다. 그건 그가 특종을 잡았다는 반증이었다. 성수혁은 기사 마감 시간부터 늦춰달라고 했다. 아울러 방송 첫머리와 신문 1면 자리를 비워달라는 요청도 했다.

"시작하시죠."

통화를 끝낸 성수혁은 핸드폰의 녹음 버튼을 눌렀다. 그의 수첩과 필기구도 바쁘게 움직였다.

세상에 비밀은 없다. 다음 날, 칸치병원에서 이룬 도쿄대첩의 역사가 만천하에 알려졌다. 일본 정부의 민낯은 그렇게 드러나고 말았다.

하지만 일본 정부는 문제 삼을 수 없었다. 공교롭게도 일본의 방송에도 제보가 들어가 뉴스가 된 것이다. 뉴스의 주인공은 신바였다. 신바는 피부암 때와 침술 시술 후의 사진을 올렸다. 신바와 그 어머니의 합작이었다. 방송에 제보된 영상에는 신바와 함께 찍은 윤도의 얼굴이 또렷했다.

신바 어머니의 의도는 하나였다. 채윤도에게 보답하고 방사능으로 인한 암으로 죽어가는 피해자들에게 희망을 주고 싶었던 것이다.

일본 국민들은 신바의 제보에 열광했다. 해맑은 소년의 치료 전과 후의 사진 비교가 제대로 먹혔다. 게다가 어린 신바에게는 정치색이 없었다.

덕분에 일본 정부는 TBC의 '비하인드 스토리' 보도에 대해 일언반구의 반론도 낼 수 없었다. 그들의 공식 논평은 이렇게 나왔다.

일본 정부의 위안부 사과는 인도적인 차원이었지 한국 정부와 뒷거래를 한 것은 절대 아니다. 항간에 나도는 칸치병원의 VIP 환자는 와전된 것이다.

이날 오후, 윤도네 한의원에 일본인들의 전화가 쏟아졌다. 일본어를 아는 승주가 또 한 번 진땀을 뺐다. 그 전화 사이에는 청와대 비서관의 전화도 끼어 있었다.

―채 선생, 어제 주신 의견이 모두 반영되었습니다. 손석구 교수에게는 국민훈장 동백장, 채 선생과 함께 국익과 복지에 기여한 류수완 대표, 진경태 한약사, 김승주 간호사에게는 대

통령 표창이 결정되었습니다.

진경태와 김승주에게 대통령 표창 결정.

일침한의원의 경사였다.

"와아아!"

한의원이 뒤집어졌다. 당장 류수완 대표가 달려와 저녁을 거하게 쏘았다.

"원장님을 위하여!"

건배 제창은 승주가 맡았다. 다른 때와 달리 하늘을 찌를 듯한 목소리였다. 밤도 윤도네 분위기를 따라 씩씩하게 깊어 갔다.

짝짝짝!

윤도가 들어서자 박수가 터져 나왔다. 청와대였다. 윤도의 옆에는 진경태와 승주가 있었다. 대통령이 다가와 윤도에게 손을 내밀었다. 외교부장관과 한중관 차관도 도착해 있었다.

"채윤도 선생."

"……."

"진심으로 고맙소. 진심으로 수고했소."

"감사합니다."

"들어가시죠. 안에 어르신들이 기다리고 계십니다."

대통령이 몸소 안내를 자청했다. 영빈관으로 들어서자 위안부 할머니들이 보였다. 눈으로 세어보니 열네 명이었다. 다들 오고 싶어 했지만 올 수 없는 경우가 많았다. 나날이 고단한 시간을 보낸 할머니들. 이제 세월의 무게마저 지탱하기 어려운 나이가 된 것이다. 참석자들도 대부분 휠체어 신세를 지고 있었다.

짝짝!

그분들도 박수를 쳤다. 느린 박수지만 그 어느 박수보다 뜨거웠다.

"일본 정부로부터 사과를 받아내는 데 혁혁한 기여를 한 채윤도 한의사입니다."

비서관이 윤도를 소개했다.

짝짝짝!

박수 숫자가 늘었다. 그래도 박수 소리는 높아지지 않았다. 청와대 직원들이 할머니들 박수보다 크게 치지 않은 까닭이다. 그 배려만큼은 윤도를 심쿵하게 만들었다.

윤도가 대통령과 함께 인사를 시작했다.

"고마워."

첫 번째 할머니가 윤도의 손을 잡았다.

"아닙니다. 건강하셔야죠."

"니가 진짜 대한민국의 아들이어."

할머니는 윤도의 손을 놓지 않았다. 오열이 깊은 바람에 오분도 넘게 서 있었다.

"점례야, 내도 그 손 한번 잡자."

옆의 할머니 목소리가 나오고서야 첫 할머니가 손을 놓았다.

"아이고, 내 새끼, 니가 내 새끼다."

두 번째 할머니는 포옹이었다. 주름 깊은 뺨을 타고 흘러내린 눈물이 윤도의 볼에 닿았다. 할머니들은 누구 하나 건성으로 윤도를 맞이하지 않았다.

"채 선생."

인사가 끝나자 대통령이 윤도를 바라보았다.

"예."

"격식을 갖춰서 드려야겠지만 나는 이 자리에서 훈장을 주고 싶습니다. 어르신들이 보는 앞에서……."

"저는 상관없습니다."

"오 비서관, 들었지? 진행하고 식사하러 가자고!"

대통령이 소리쳤다.

"채윤도."

비서관으로부터 윤도의 이름이 호명되었다.

"귀하는 탁월한 의술을 통하여 국가의 발전과 국민 보건 향상에 이바지한 공로가 크므로 대한민국 헌법에 따라 다음 훈장을 수여합니다."

대통령 앞의 윤도가 단정하게 시선을 들었다. 대통령은 웃고 있었다. 그 어떤 훈장 수여보다 흐뭇한 대통령이었다.

"국민훈장 무궁화장."

비서관의 말과 함께 윤도가 앞으로 나섰다. 보조 직원이 훈
장을 들어 보였다. 훈장을 집은 대통령이 윤도에게 훈장을 달
아주었다.

짝짝!

할머니들의 느린 박수는 쉬지 않고 이어졌다. 그럼에도 피
곤한 기색 따위는 없었다.

"다음 진경태."

호명에 따라 진경태가 나왔다. 대통령 표창을 받았다. 뒤를
이어 승주에게도 대통령 표창이 수여되었다. 승주는 벌어진
입을 다무느라 애를 쓰고 있었다.

"어르신들, 많이들 드십시오."

식당으로 자리를 옮기자 대통령이 식사를 권했다. 식사는
한방 죽이 준비되었다. 할머니들을 위한 배려였다.

"원장님……."

죽 그릇을 앞에 둔 승주의 목소리가 떨렸다.

"왜? 죽에 알레르기 있어?"

"아뇨. 너무 감격해서요."

"흐음, 그럼 물부터 마셔. 체할 수 있으니까."

"그래야겠어요. 저 숨도 잘 못 쉬겠거든요."

"이렇게 해봐."

윤도가 승주의 혈자리 하나를 눌러주었다. 그제야 호흡이 펴지는 승주였다.

"많이 먹어요."

앞자리의 한중관이 윤도를 챙겼다. 윤도는 꾸벅 인사로 답했다.

"우리 채윤도 한의사가 국가의 보배입니다. 어르신들을 위해서도 큰일을 했지만 저도 많은 도움을 받고 있습니다."

대통령은 윤도에 대한 칭찬을 멈추지 않았다.

"침도 잘 놔?"

할머니 하나가 고개를 들었다.

"그럼요? 저도 지난번에 맞아봤는데 요즘 말로 직빵이더군요."

"그럼 나도 한 대 놔줘. 가슴팍이 답답해."

할머니가 울상을 했다.

"나는 허리 한번 펴봤으면 소원이 없겠어."

"나는 똥이 창사구에서 말라붙어 가지고 안 나와."

창사구는 창자의 사투리다.

"그것이… 머리칼도 나게 할 수 있나?"

한 할머니는 머리를 들이댔다. 원형탈모가 일어난 할머니였다.

"이 할망구야, 머리카락은 나서 뭐 하게? 다시 청춘으로 돌아가게?"

할머니들의 하소연은 길게도 이어졌다.

"어이쿠, 채 선생, 이걸 어쩐다?"

대통령이 어깨를 으쓱해 보였다.

"식사하시고 제 한의원으로 가시죠. 참석하신 분들 전부 진맥하고 불편한 데 돌봐 드리겠습니다."

윤도가 할머니들의 애로를 접수했다.

"그럼 우리 의무실에서 놓는 게 어떨까요? 어르신들이 옮겨 다니려면 힘드실 텐데……."

대통령이 즉석 제의를 내놓았다.

"그래주시면 고맙죠."

윤도도 흔쾌히 수락했다.

식사 후, 청와대 의무실에 진풍경이 펼쳐졌다. 열네 명의 할머니가 단체로 누운 것이다. 언젠가 청와대 직원들이 단체로 헌혈을 한 적이 있다. 그때 이후로 처음 보는 광경이었다.

위안부 할머니들…….

그 신체도 고달팠다. 첫 번째 할머니부터 진맥을 했다.

'동기(動氣)와 위하수…….'

동기는 배 속에 적취가 있을 때 잡히는 맥이다. 위하수는 설명할 필요도 없을 정도로 익숙한 병명. 윤도가 장침 두 개를 뽑아 들었다. 양지혈과 중완혈에 넣었다. 모두 화끈한 화침이었다.

"워매!"

침을 맞은 할머니가 꿀럭 움직였다.

"아프세요?"

대통령이 물었다.

"아녀. 아픈 게 싹 다 사라졌어. 워매, 용하네, 용해."

할머니는 벌어진 입을 다물지 못했다.

두 번째 할머니는 전중혈에 문제가 있었다. 진맥하던 손을 놓고 전중혈을 슬쩍 눌렀다.

"아파!"

할머니가 울상이 되었다. 울화병이었다. 울화병에 걸리면 전중혈이 아프다. 정상인 사람은 아프지 않다.

화병은 오장의 기운이 역류해 심장을 자극한다. 기가 심장에 쏠리는 것이다. 그러다 보니 다른 오장의 기혈이 부족해 병이 된다. 초조와 원망, 걱정 등이 빚어낸 질환이다. 어째서 그렇지 않을까? 할머니들의 인생을 돌아보면 울화병은 기본이 되고도 남을 일이었다.

침은 소상혈과 은백혈, 전중혈에 넣었다. 전중혈에서 침을 감아주자 심장에 몰린 기가 분산되기 시작했다.

"마음이 편안해지네?"

할머니의 인상이 부드럽게 펴졌다.

다음 침은 발목을 위해 들어갔다. 할머니들은 손발목이 붓는 경우가 많았다. 자칫하면 혈액순환 장애가 될 판이다. 장침은 복토혈과 족삼리, 태충과 대돈혈에 들어갔다. 침 끝을 천천히 감아주자 붓기가 내려가는 게 보였다.

이런 과정들은 기자들을 통해 취재되고 있었다. 청와대가 붙인 옵션은 단 하나였다.

—채윤도 한의사의 진료를 방해하지 않는 범위.

기자 중에는 성수혁도 있었다. 그는 모범적으로 가이드라인을 지켰다.

천식으로 고생하는 할머니에겐 신주와 폐수혈을 잡아주었다. 할머니는 더 이상 쿨럭쿨럭 하지 않았다.

진료가 끝나자 할머니들의 표정이 확 달라져 있었다. 휠체어를 타던 세 명은 아예 일어나 걸었다. 무릎 통증이 거짓말처럼 풀린 것이다.

"아이고, 이 한의사 선생이 내 허리에 훈장을 달아준 모양이네. 하나도 안 아파."

"나는 배에다 훈장을 달았나 봐. 늘 아리아리하더니 시원해."

"말도 마. 그럼 나는 똥꼬에 훈장을 줬나 봐. 화장실 가서 똥을 두 바가지나 싸고 왔어. 속이 다 후련하다니까."

할머니들은 경쟁하듯 윤도를 치켜세웠다. 그 모습을 보니 갈매도의 어르신들이 생각났다. 침 몇 방 놓아주면 세상을 얻은 듯 바리바리 선물을 싸 들고 오던 어르신들.

"채 선생."

퇴정하기 전, 잠시 대통령과 대화 시간이 주어졌다. 비서실장과 한중관 차관이 동석했다.

"한 차관에게 자초지종을 들었어요. 다시 말하지만 정말 대단한 활약을 했어요."

"국민 된 도리였을 뿐입니다."

대통령의 치하에 윤도가 답했다.

"아닙니다. 한 차관에게 듣자니 채 선생의 뚝심이 보석 같았다고 하더군요. 어떻게 보면 개인적인 영화를 챙길 수도 있었을 것을……."

"……."

윤도는 웃었다. 개인적인 영화라면 돈이다. 그날 도쿄의 칸치병원. 만약 윤도가 위안부 사과 대신 거액을 요구했다면 어땠을까? 지금 생각해 보면 몇십 억을 요구해도 내놓았을 일이다. 아니, 그보다 더 큰 액수라고 해도 그들은 받아들였을지도 모른다.

"저번에는 신약 개발로 인한 수익 전액을 기부하셨죠? 대통령으로서 채 선생만 생각하면 뿌듯하기 그지없습니다."

"과찬입니다."

"아니에요. 진짜 훈장 하나로는 모자라죠. 마음 같아서는 대통령이 줄 수 있는 모든 훈장을 주고 싶습니다만……."

"저희 직원들까지 챙겨주시지 않았습니까? 그것으로 충분하고도 남습니다."

"그래, 다른 애로는 없습니까? 있으면 말씀하세요. 대통령으로 약속하는데 채 선생의 애로는 책임지고 해결하도록 지시하겠습니다."

"애로라면……."

윤도 뇌리에 장 박사가 떠올랐다. 청와대로 오기 전 윤도는 장 박사와 통화했다. 그의 당부는 당연히 한의학 중흥에 대한 것이었다. 대통령의 이해도를 높여놓으면 한의학의 발전에 도움이 될 거라고 했다.

한의대학 학생 때부터 품어온 이야기를 전했다. 전통 의학으로서의 한의학. 얼마든지 발전할 여지가 있다고. 침구도 그렇고 생약인 한약도 그랬다. 그걸 정부 차원에서 진흥해 줄 방안이 있으면 좋겠다는 뜻을 전했다.

"좋은 말씀이군요. 그렇잖아도 우리 비서진에서 그 말이 나왔습니다. 채 선생 수준의 한의사가 많이 양성된다면 국민 보건 향상과 삶의 질 향상에도 도움이 될 것 같다고……."

"맞습니다. 한의학도 본격 발전을 시작하면 현대 의학 못지 않은 저력을 발휘할 수 있을 겁니다."

"그렇다면 한의사로서 채 선생의 포부는 뭡니까? 행적을 보아하니 대통령인 저보다도 큰 행보를 하고 있기에……."

"방금 말씀드린 의견과 궤를 같이합니다. 여건이 허락되면 침술 특화 한의대를 성립해 아직 그 신묘함을 제대로 발휘하지 못하는 침술을 발전시켜 불치병 퇴치에 기여할까 합니다."

"침술 특화 한의대라고 했습니까?"

"우리 침은 발전할 방향이 너무나 많습니다. 지금 사용하는 침술은 고작해야 침술 능력의 2~3할을 사용하는 정도니까요."

"채 선생 침술을 보면 공감합니다. 북한에서는 죽은 장교도 살리고 왔다고요?"

"다는 아니지만 그 또한 우연은 아닙니다. 침술만이 할 수 있는 신묘함이죠."

"기반이 필요하면 말씀하십시오. 이 사람이 퇴임한 후라도 힘이 닿는 한 채 선생을 돕겠습니다."

대통령의 약속이 나왔다. 윤도에게는 또 하나의 훈장에 다름없었다.

"감사합니다."

"그리고… 이건 내 부탁인데……."

'부탁?'

"내 주치의를 좀 맡아주세요."

"네? 주치의요?"

"그냥 기분으로 하는 말이 아닙니다. 이 사람의 안정된 국정 운영을 위해서 꼭 필요합니다. 만약 거절하면 대통령의 직권으로 임명해 버릴 겁니다."

"대, 대통령님."

"머잖아 주치의와 전문 분야별 자문의 회동이 있습니다. 그때 모셔서 정식으로 발표하고 위촉장을 드릴 테니 그렇게 아십시오."

대통령이 손을 내밀었다. 윤도는 얼떨결에 그 손을 잡았다.

한방 주치의에 내정된 채윤도. 그 손이 살짝 떨렸다.

"자자, 기념사진 찍습니다! 다들 한자리에 모여주세요!"

청와대 뜰에서 사진사가 외쳤다. 할머니들과 윤도네, 그리고 대통령과 비서실장, 한중관 등이 옹기종기 모여 섰다. 사려 깊은 대통령은 윤도와 할머니를 전면에 내세웠다. 자신을 중앙에 배치하는 다른 대통령들과 달랐다.

"찍습니다. 치즈!"

사진사가 외쳤다.

"치즈는 무슨 치즈! 조선 사람은 김치여!"

할머니 하나가 호통을 쳤다.

"하모, 치즈가 뭐꼬?"

할머니들이 이구동성으로 합창했다.

"죄송합니다. 김치."

사진사가 정정했다. 할머니들은 저마다 자유로운 표정을 지었다. 더러는 근엄했고, 더러는 웃었고, 또 더러는 어색했다.

측각, 측각!

사진기가 그 역사를 찍었다. 한 방이 아니었다. 청와대 사진사가 물러나자 기자들 차례가 되었다.

측각, 측각!

셔터가 쉴 줄을 몰랐다. 모델이 된 모두에게 행복한 시간이었다.

이날 윤도 아버지 채혁수는 공장의 전 직원에게 국산 생삼겹살 세 근씩을 돌렸다. 어머니 서미정은 같이 자원봉사를 하는 여사님들 모두에게 커피를 샀다. 윤도의 훈장은 그 가족들에게도 훈장이었다. 가슴 먹먹한 훈장……

9. 넘보지 마라

채윤도.

위안부 사과의 숨은 공신.

일본 총리.

방사능 암 환자.

일침한의원.

국민훈장 무궁화장.

다시 실검이 북새통을 이루었다. 윤도의 청와대 훈장 수여
와 위안부 사과의 비하인드 스토리가 보도된 것이다. 윤도는

쫑파티를 하다가 성수혁 차장의 호출을 받았다. 연재와 승주가 급히 스타일리스트 역할을 맡아주었다. 맥주 한 잔으로 달아오른 취기를 화장발(?)로 가려준 것이다. 윤도는 작은 공원에서 TBC 뉴스 인터뷰에 응했다.

바로 댓글이 쓰나미를 이루기 시작했다.

─채윤도, 장침으로 도쿄 정벌.

─장침이 위안부 할머니들의 숨길을 열어주었다.

─인성, 실력, 뭐 하나 깔 게 없구나.

─주는 떡이나 받아먹는 정부는 접시 물에 코 박고 반성해라.

─앞으로 대한민국 한일 외교는 채윤도에게 맡기심이?

─반박 불가 국민 영웅 채윤도, 진심 지렸다.

─가즈아, 채윤도, 맞즈아, 장침.

─일본이 당신의 장침을 싫어합니다.

─꼴랑 훈장이냐? 대마도 정도 떼어줘라.

─60억 기부에 위안부 문제 해결까지… 지린다.

─월드 클라스 슈퍼 히어로 한의사 탄생.

─채윤도 미혼이란다. 내가 찜~

─이 한의사 실화냐? 개쩐다.

"어머어머, 이 댓글 좀 봐요."

승주가 핸드폰을 보며 빵빵 터졌다.

"대마도를 주래요."

연재도 배를 잡고 웃었다.

"가즈아는 뭐야?"

유행어에 둔감한 진경태는 졸지에 문맹이 되었다.

이날 윤도네 쫑파티는 '무려' 무료였다. 사장님은 즉석에서 무한 리필에 무한 무료를 선언했다. 윤도가 사양하자 통사정을 했다. 응하지 않을 수 없었다.

윤도의 전화는 또 불이 났다. 온통 축하 전화였으니 저 먼 갈매도의 축하도 빠지지 않았다. 그 중간에 손석구의 전화가 들어왔다. 이제 꺼야겠다고 생각한 차였다.

"손 선생님."

윤도가 반가이 전화를 받았다.

—축하합니다, 대한민국 국대 명의님.

"부끄럽게 무슨 말씀을……."

—아닙니다. 저는 제가 국대인 줄 알았는데 채 선생님이야말로 넘사벽이로군요. 의술로 국가 현안까지 치료하다니 상상도 못했습니다. 더구나 청와대에서 위안부 할머니들 침까지 놔주셨다면서요?

"아, 예……."

—진짜 대단합니다. 솔직히 인정합니다.

"눈은 어떠세요?"

―국대 명의의 명침이었는데 별일 있겠습니까? 이제는 언제 그랬냐는 듯 멀쩡합니다.

"다행이네요. 그래도 너무 혹사하지는 마세요."

―그런데… 자수 안 합니까?

"자수요?"

―어허, 왜 이러십니까? 저도 정보통이 있습니다.

"무슨 말씀이신지?"

―훈장 말입니다. 제 훈장.

"아……."

―채 선생님이 강력하게 추천했다면서요?

"그럴 리가 있습니까? 손 선생님은 훈장으로도 모자라는 분입니다. 제가 말하지 않았어도 당연히 받으셨을 겁니다."

―아, 이번에 국회에 불려 나갈 기회가 있어서 채 선생님 추천하고 싶었는데 선수를 뺏겼네.

"국회요?"

―그 양반들이 중증외상 의료법에 지지부진이잖습니까? 예산 타령이나 하더니 나보고 와서 설명하라네요. 그래야 설득력이 있다고.

"하긴 손 선생님 말이라면 국회의원들도 흘려듣지 못하겠네요."

―그런 자리는 채 선생님이 제격이에요.

"예?"

―위안부 사과 말이에요, 일본에 혈혈단신으로 건너가 빅딜을 했다면서요. 방사능 암 환자들 고쳐주겠다! 대신 위안부 문제 사과해라!

"그, 그건 좀 과장된… 게다가 혈혈단신도 아니고 우리 간호사 김 샘이랑……."

―아무튼 대단합니다. 저라면 쫄아서 그런 말 못 했을 겁니다.

"별말씀을……."

―이런, 또 응급 호출이네. 어쨌든 나중에 봅시다. 내가 한턱내러 가겠습니다.

"기대하죠."

윤도가 전화를 끊었다. 머리에 손석구의 모습이 스쳐 갔다. 그는 또 메스를 잡았을 것이다. 중증외상 환자의 목숨을 구하고 있을 것이다. 저마다의 신념으로 의술을 펼치는 의사들. 다다익선이었다. 그게 한의사든 의사든.

*　　　　*　　　　*

며칠은 미친 듯이 바빴다. 일본행에 대한 수습이었다. 월요일 예약 환자가 밀리면서 도미노가 되었다. 그 폭풍은 수요일 쯤 되어서야 수습이 되었다.

수요일 오후, 잠시 손을 쉬면서 진경태와 약제실에서 머리를 맞대게 되었다.

"치매……."

진경태가 살짝 긴장했다. 윤도의 두 번째 신약 개발. 그 도전의 화두가 치매였다.

"겁나세요?"

윤도가 물었다.

"전혀요."

진경태가 고개를 저었다. 괜히 하는 말이 아니었다. 두 사람은 지금 치매 치료 자료를 들고 있었다. 윤도는 진맥과 혈자리에 반응하는 탕제의 구성이었고, 진경태는 각 탕제의 주요 성분 농도에 대한 비교 자료였다.

진경태의 자료는 충실했다. 윤도가 시키지 않은 분석까지 덧붙었다. 약재의 계절별, 부위별, 건조 방식, 절삭 등을 망라한 자료였다.

당연히 성분 추출에 대한 분획과 물질 분리도 포함되었다. 활성 검색과 독성 안정성 등도 수반되었다. 윤도가 그 자료를 검토했다. 혈자리와 더불어 환자 치료에서 나온 효과의 분석이었다.

치매 약의 베이스는 산해경의 영약도 발판이 되었다.

—미친병을 낫게 하는 서산경의 문요어.

—미친병을 낫게 하는 북산경의 지어.

—치매 방지 효과를 내는 북산경의 인어.

—머리가 이상해지는 병을 고치는 북산경의 백야.

네 가지 영약을 교대로 약침으로 쓰며 효과를 측정했다. 그렇게 완치한 치매 환자가 무려 26명. 윤도의 신침으로도 치매 완치를 못 한 건 단 한 사람뿐이었다. 그 환자는 할아버지였다. 불행히도 마무리 침을 맞으러 오던 날 교통사고로 운명하고 말았다.

네 가지 영약은 치밀하게 분석되었다. 하지만 둘은 분석 불가로 나왔고 두 영약만 성분 일부를 알아냈다. 분석기에서 보이지 않은 걸 혈자리의 반응을 기준으로 삼아 유사한 효과를 보이는 약재를 찾아낸 것이다. 그때부터 진경태의 진가가 발휘되었다. 기존 한방에서 치매 약재로 쓰는 약재를 구해 일절 분석에 나선 것. 그 결과 유의미한 성분을 찾았다.

그 약침 역시 윤도의 장침으로 확인에 들어갔다. 치매는 종류가 많다. 알츠하이머에 의한 것부터 혈관성, 알코올성에 루이체 치매까지 있다. 윤도의 약침은 알츠하이머와 혈관성 치매에 효과가 탁월했다. 거기에 기혈을 순환을 돕는 약재와 몸을 보하는 약재를 첨가해 가며 최적 비율을 탐색해 나갔다.

혈자리 적용 역시 세밀하게 접근했다.

한방에서의 치매, 특히나 내상 치매는 몸의 노화에 기인한다. 즉 기혈음정(氣血陰精)의 고갈로 야기되는 뇌 기능의 장애. 허한 기혈작용과 정과 음의 고갈로 뇌세포 손상이 일어난 것이다.

윤도의 목표는 명백했다. 고갈된 기혈을 채워 뇌 기능을 활성화시키고 손상된 뇌세포의 회생을 돕는 것이다. 관건은 손상된 뇌 기능을 어떻게, 얼마나 빨리 회복시키느냐에 있었다.

지상 목표는 기혈음정허(氣血陰精虛)가 일어난 몸에 기혈음정(氣血陰精)을 보하는 일이었다.

약침은 다양하게 시침되었다.

최적의 혈자리 조합은 백회혈, 신문혈, 귀안혈, 구미혈, 내관혈, 기해혈이었다. 신문, 소상, 용천, 심수혈과 비교해 화침을 놓았지만 그보다 나았다.

시침은 기해혈로 기를 끌어올리고 구미혈로 장부의 기능을 보하는 것으로 출발한다. 구미는 모든 음장부의 원기가 모이는 혈로 정신 질환의 요혈로 꼽힌다.

이어 백회로 오장의 기혈을 소통시켜 상초로 올리고 신문혈, 귀안혈, 구미혈, 내관혈로 심장과 간, 뇌의 기운을 북돋아 치매를 잡아가는 방식이었다. 사람에 따라서는 백회혈 전후 좌우의 사신총을 추가했고, 열결혈과 심수혈, 중완혈도 덧붙였다.

치료 중에 일어난 해프닝도 있었다. 소위 돌팔이들에게 받은 치매 진단 환자의 말이었다.

"태양혈에 압통이 있고 인근 근육에 경결이 있으니 곧 치매에 걸릴 증상."

몇몇 환자가 이구동성이었다. 그게 걱정이 되어 찾아온 환자들이었다. 병든 사람의 근심을 이용해 돈벌이를 하려는 사람은 지구가 멸망하는 날까지 사라지지 않을 일이었다.

기해혈에 장침 하나만을 찔러 보란 듯이 치매를 잡아주었다. 진짜 침술의 진수를 보여 헛된 유혹을 불식시켰다.

약침으로 시작한 치매 치료는 슬슬 탕제 중심으로 옮겨갔다. 꼭 필요한 경우에만 혈자리에 약침을 넣고 탕제 치료를 권한 것이다.

"활성물질 검출에 들어갔습니다."

의견 교환이 끝나자 진경태가 말했다.

"약재는요?"

"실험 분량은 충분합니다. 나머지는 계속 공급해 달라고 주문해 두었습니다."

"이거 벌써부터 가슴이 뜨끈해지는데요?"

"저는 머리가 뜨끈합니다. 치매 약 대량생산이라뇨. 이거야 무협지에나 나오는 일이지……."

"언제 류수완 대표님도 불러야겠죠?"

"하명만 하시면 자료를 준비해 두겠습니다."

"알겠습니다. 급할 거 없으니 좀 더 최적의 약성을 찾아보기로 하죠."

"이번에도 거금이 들어오면 기부하실 겁니까?"

"아뇨. 이제 기부는 다음으로 미뤄둘 생각입니다. 좀 멀리 보려고요."

"잘 생각하셨습니다. 기부도 훌륭하지만 원장님은 더 큰일을 하셔야 합니다."

우정 어린 말을 남긴 진경태가 자료를 들고 일어섰다.

오후 5시, 오미자차 한 잔을 마시고 환자를 받았다. 50대의 남자였다. 그는 두통과 불면증을 호소했다. 진맥 결과 환자의 호소와 맥의 정보가 같기에 시침을 했다. 풍부혈과 내관혈이었다. 모두 장침을 넣었다.

풍부혈은 바람에 약하다. 바람이 들어오기도 가장 쉬운 곳이다. 그 밖에 풍지혈, 풍문혈 등도 바람을 조심해야 하는 혈자리에 속한다.

환자의 두통은 창문과 선풍기에 있었다. 그는 창문 열기를 좋아했고 선풍기를 안고 살았다. 문제는 머리 방향이 창 쪽이고 선풍기 역시 머리로 향하는 데 있었다.

내관은 불면증 때문이었다. 불면증의 사기가 그곳에 많았다. 자침은 문제가 없었고, 환자는 맑은 머리로 침구실을 나갔다.

빠라빠바방.

거기서 윤도의 전화가 울었다. 부용이었다.

—선생님, 죄송하지만 시간 좀 내주셔야겠어요. 바쁘시면 저희가 갈게요.

돌발 상황 발생이었다. 공연 연습 중에 가수 하나가 발목을 삐었다는 통보였다.

"제가 조금 일찍 마감하고 가죠."

통화가 끝나기 무섭게 윤도는 뜻밖의 방문객 한 무리를 맞이하게 되었다. 승주가 그들을 막아섰지만 소용이 없었다.

"자네가 채윤도인가?"

선두의 남자는 초면부터 칼 각을 세웠다. 순간 윤도는 의료 사고를 생각했다. 그렇지 않고는 다짜고짜 각을 세울 사람이 없었다.

"무슨 일인지요?"

윤도가 물었다. 소란을 들은 진경태와 종일이 복도에 나와 있었다.

"나는 삼척에서 온 김남우라는 사람일세."

70에 가까운 남자가 이름부터 밝혔다.

"김남우?"

윤도가 고개를 갸웃하자 뒤에서 고함이 뒤따랐다.

"강원도의 전설이자 명침 명의로 불리는 김남우 선생님도 모르나?"

호령하는 남자는 40대 초반, 알고 보니 뒷줄의 네 명 모두 한의사였다.

"아, 김남우 선생님."

그제야 생각이 난 윤도가 예의를 갖추었다. 김남우라면 현존 10걸 안에 꼽히는 명침이었다. 특히 강원도에서는 중풍의 신으로 불리며 환자를 구름처럼 몰고 다닌다는 신화까지 있었다.

"예의 따위는 필요 없네. 자네, 진짜 한의사 맞나?"

김남우의 눈에서 불꽃이 튀었다.

"무슨 말씀인지요?"

"내 얼마 전부터 자네 이름을 들었네만 새겨듣지 않았네. 하지만 이제 국민 영웅으로까지 부각되는 마당이니 짚고 넘어가지 않을 수 없어서 올라왔어."

"제가 무슨 잘못이라도?"

"잘못이지. 자네, 누구에게 침을 배웠나? 그 침이 한의학에 근거한 침술은 맞나?"

"예?"

"보아하니 다들 신침이니 명침이니 하는데 자네의 침술은 한의학의 그것이 아니라 타짜들의 사술이네. 내 말이 틀렸나?"

"선생님."

"방금 나간 환자, 풍부혈에다 내관혈까지 자침했더군."

"그렇습니다만."

"장침 맞나?"

"그렇습니다만."

"이런 고얀!"

김남우의 목소리가 원장실을 흔들었다.

"이봐요."

불만을 느낀 진경태가 김남우를 제지하고 나섰다. 하지만 윤도가 막았다.

"그냥 계세요. 뭔가 오해를 하고 계신 모양인데……."

"오해? 제정신이 아니고는 장침을 시침하지 못할 혈자리에 장침을 넣고도 그런 말을 할 수 있단 말인가? 지금 제정신이야?"

김남우의 목소리는 끝 간 데 없이 높아졌다.

"선생님."

"닥쳐! 다들 몇몇 사례에 눈이 멀어 화타 취급을 하는 모양인데 네놈 침은 사술이야! 한의학의 침술이 아니라고!"

"……"

"그러니 당장 한의원 간판을 내리거라. 몇몇 사례는 운이 좋았다만 필경 초대형 의료사고를 내게 될 것이다. 헛된 욕심을 위한 사술은 결국 패망의 길을 걷는 법."

"그것 때문에 오신 겁니까?"

"오냐. 내 듣자니 네가 몇몇 원로의 마음까지 현혹해 신뢰를 얻은 모양이다만 나는 속이지 못한다. 침이 왜 구침인지도 모르고 겉멋만 들어 장침을 찔러대다니……. 그건 환자의 목숨을 아무렇게나 다루는 것과 다름이 없어."

"말씀이 지나치십니다."

"네 아직 뜨거운 맛을 보지 못했구나. 아니면 네 공명을 위해 의료사고를 내고도 돈으로 입을 막았든지. 듣자니 네 무슨 질병이든 장침에 망침을 들고 달려든다던데 대체 구침의 사용법은 알고나 있는 것이냐? 금침혈은 알고나 있느냔 말이다. 머리에 속하는 독맥과 임맥, 족태양경, 수태양경, 수소양경, 족소양경, 수양명경, 족양명경에서 침술 사고에 취약한 혈자리를 알기나 하고 시침하느냔 말이다."

"동의보감(東醫寶鑑) 기준이라면 모르지 않지요. 신정, 뇌호, 신회, 영대, 신도, 회음, 수분, 신궐, 운문, 승읍, 유중, 청령, 옥침, 낙각, 승근, 횡골, 기충, 각손, 승령, 노식, 견정…… 계속할까요?"

"뭐라?"

"하지만 옛날 기준 아닙니까? 게다가 과거에도 한의사의 숙련도에 따라 사용할 수도 있던 혈이고요."

"네가 그 숙련도를 논할 나이란 말이냐?"

"침을 나이로 놓습니까?"

"뭐라?"

"선생님의 존함은 많이 들었습니다만 다짜고짜 폄훼하는 건 옳지 않다고 봅니다. 일찍이 구침을 만든 이유는 각각의 모양과 용도에 따라 편리하게 쓰기 위함으로 압니다만 모든 한의사가 매번 구침법에 따를 이유는 없다고 봅니다. 예컨대 제가 중국 명의순례 때 본 일인데, 어떤 음식점의 주방장은 중식도만으로 크고 작은 재료를 다 다루더군요. 주방에 여러 종류의 칼이 있음에도 말입니다."

"신성한 의술을 요리에 비한단 말인가? 이건 생명을 다루는 분야야."

"하나의 예를 들었을 뿐입니다."

"오만방자한… 듣자니 인턴, 레지던트 과정도 거치지 않고 바로 개업하였으니 임상 경험조차 일천할 마당에 진맥과 혈자리에 득도라도 했다는 말이냐? 내 얼마 전까지만 해도 네가 마약 약침을 써서 환자들을 우롱한다는 소문도 들었거늘."

"그 문제라면 진실이 밝혀진 지 오래입니다. 문제를 제기한

탁상명 선생을 불러올 수도 있고요."

"……?"

"가까운 곳에 계시니 모셔올까요?"

"참으로 어이가 없구나. 평생 진력해도 못 미칠 학문이건만 약관의 나이로 오만을 떨다니. 보아하니 대통령 한방 주치의에 내정된 것으로 그러는 거라면 그 칼은 내 손에 있음을 알아야 할 것이다."

김남우의 눈에서 레이저가 쏟아졌다.

대통령 주치의.

'내정'된 자리였다. 자리가 자리이다 보니 청와대에서 신분조회에 들어간 눈치였다. 그렇다면 원로나 한의학계의 의견이 필요했다. 김남우의 말뜻은 그것이었다.

"제 스타일을 말씀드리는 것뿐입니다. 구침이 있다 해서 매 혈자리마다 구침에 맞춰야 하는 건 아니니까요."

윤도는 주치의 자리에 목을 매지 않았다.

"그렇게 혈자리와 침술에 자신이 있단 말이냐?"

"그리 따져 물으시니 할 말은 없지만 4대 기혈과 8대 기혈의 일부까지도 시침해 보았고 혈자리가 끊긴 사람의 혈자리를 대체하는 시침도 해보았습니다."

윤도가 기염을 뿜었다.

김남우라면 한의학계의 원로에 속하는 사람. 마땅히 대접할 생각이 있었다. 그러나 이렇게 거두절미하고 닦아세우니 선배 한의사라 하여 깨갱 꼬리를 내릴 생각은 없었다.

"허, 4 대 기혈과 8 대 기혈에 대체 혈자리까지?"

윤도의 한마디에 김남우 뒤편의 한의사들이 술렁거렸다.

침술의 달인으로 불리는 김남우조차 자신하지 못하는 4 대 기혈과 8 대 기혈, 거기에 더해 대체 혈자리. 그런데 그렇게 말하는 윤도는 눈 하나 깜박하지 않고 있었다.

"푸하하핫!"

윤도의 말에 김남우가 웃었다. 오래 웃었다. 그를 따라온 한의사들도 배를 잡고 웃었다.

4 대 기혈, 8 대 기혈.

그건 사실 전설에 불과했다. 사람에 따라, 환부에 따라 혈자리를 잡기 어려운 건 사실이지만 혈자리가 없다느니 움직인다느니 하는 건 무협지에나 나올 일이었다. 그들의 생각으로는 그랬다.

팩트는 한의사의 숙련도에 따라 혈자리를 제대로 찾느냐 못 찾느냐 하는 것이었다. 그런 까닭에 더러 침술 사고가 났고, 그것을 경계하고자 떠도는 말에 불과하다고 믿는 것이다.

물론 윤도도 그렇게 생각했다. 한의학도 이제 현대 의학에 가까워지고 있었다. 신비감을 바탕으로 하는 진료가 아니라 실증의 의술이었다. 그런 차에 4 대 기혈, 8 대 기혈이라니?

하지만 이제 윤도는 알았다. 그건 무협지나 전설에 나오는 일이 아니었다. 다만 한의사의 자질과 실력에 의해 인지하느냐 못 하느냐로 갈릴 뿐이었다. 윤도는 분명히 체험했다. 그 8 대 기혈의 일부를.

"채윤도."

김남우의 목소리에 힘이 들어갔다.

"말씀하시죠."

"많은 한의사들이 생각하기에 네가 마약이나 금지된 약을 써서 운 좋게 재벌가의 난치병을 고친 후로 정관계 인사들에게까지 손을 뻗어 각종 이권과 혜택을 누리고 있다고 생각하고 있다. 심지어 일부에서는 권력자들의 부인들에게 사술을 써서 베갯머리송사를 조정하고 있다고. 어떻게 생각하느냐?"

"그런 송사는 알지도 못하며 금지된 약을 쓴 적도 없습니다."

"내 네가 졸업한 한의대의 지도교수도 만나보았다. 그가 말하기를 재학 중에 네가 탁월한 건 혈자리 외우는 것 외에는 없었다고 하던데."

"그렇다면 선생님은 날 때부터 명침 소리를 들었습니까?"

윤도가 바로 받아쳤다.

"뭐라?"

"저도 나름대로 부단한 노력을 거쳐 여기까지 왔습니다. 확인도 없이 괜한 비방에 동조하시는 건 책임 있는 원로의 모습이 아닙니다."

"그러니까 네가 그토록 침술에 자신이 있다?"

"침은 천지의 음양을 인간에게 전하는 것이니 자신하지는 않습니다. 다만 모든 환자를 맞이해 경건하게 최선을 다하려는 노력만은 아끼지 않습니다."

"공명심에 사로잡혀 환자의 안위는 아랑곳없이 겉멋 든 사술을 펼치는 게 아니고?"

"한 가지 잊으신 게 있군요."

"잊어?"

"저도 한의사 면허 소지자입니다."

"……!"

"따라서 환자의 안위가 우선입니다. 없는 말로 사람을 모함하지 마시기 바랍니다."

"선생님."

듣고 있던 한의사 하나가 나섰다. 김남우에게 강의를 듣고 한의대를 졸업한 서병탁 한의사였다.

"일단 이 인간에게 검증 기회를 주는 게 어떻겠습니까?"

"검증 기회?"

김남우가 고개를 들었다.

"보아하니 쉽게 인정할 그릇이 아닙니다. 현장을 들켜야 꼬리를 내릴 것이니 무슨 사술을 쓰든 선생님과 우리를 속일 수는 없을 겁니다."

서병탁은 깐죽깐죽 말을 지어냈다.

"좋다. 네 내 앞에서 네 침술이 신묘하다는 걸 보여줄 수 있겠느냐?"

김남우가 윤도를 쏘아보았다.

"그렇다면 묻겠습니다. 선생님들은 침을 놓을 때 누구에게 증명을 받고 놓고 있습니까?"

"뭐라?"

"당연히 아니겠죠. 그러니 제가 여러분 앞에서 증명 따위를 받을 필요는 없다고 봅니다. 하지만 굳이 원하신다면 응해 드리겠습니다. 그래, 뭘 보여주면 됩니까? 환자의 시침을 참관하겠습니까?"

윤도의 말과 함께 창밖에서 고양이 울음이 들렸다.

"아니면 고양이라도 잡아다 침을 놓아볼까요?"

"아니, 나에게 놓으라고. 그럼 인정해 주지."

서병탁이 손을 들었다. 이상 혈자리라도 되는 걸까? 그의 표정은 자신만만하고도 남았다.

"그럼 침대에 누우시지요. 시간이 많지 않아서 말입니다."

윤도의 손은 거침이 없었다. 서병탁이 올라가 상의를 벗었다. 김남우와 한의사들, 그리고 진경태와 승주 등의 시선이 윤도에게 쏠렸다.

"팔뚝을 걷으십시오."

윤도가 말했다. 서병탁이 니트의 소매를 올렸다. 순간 윤도의 동공이 파르르 전율했다.

"……!"

서병탁, 그의 팔은 온통 흉터투성이였다. 어릴 때 화상을 입은 모양이다. 손목이 시작되는 부근부터 어깨 밑까지 그의 살은 마치 피부를 걷어낸 생 조직처럼 흉하게 보였다.

"이쪽도 보셔야겠군."

서병탁이 반대편 팔을 걷었다.

"……!"

그곳도 사정은 다르지 않았다. 왼팔보다는 나았지만 진맥을 하기는 불가능했다.

"여기도 보시려나?"

그가 상의의 긴 목 부분을 내렸다.

"……."

윤도는 어이가 없었다. 그가 자처한 건 역시 의도적이었다. 서병탁은 목조차 맥을 잡기 힘들 정도로 흉터가 가득했다. 주저하는 사이에 그가 상의를 벗었다.

"어머!"

승주가 입을 막고 물러섰다. 가슴과 복부, 심지어는 등 쪽에도 화상이 심했다. 마치 얼굴만 빼고 끓는 물에 빠졌다 나온 형상이었다.

"화타와 편작을 거론할 실력이라며 진맥이 어렵겠나?"

서병탁이 콧김을 뿜었다. 은근한 비웃음이 깃든 표정이었다. 돌아보니 김남우와 일행의 표정도 비슷했다. 하지만 그들의 미소는 이내 싸늘하게 식어버렸다. 윤도가 서병탁의 손목의 세 곳에 장침을 꽂아버린 것이다. 두 손을 합쳐 도합 여섯 방이었다.

사삿!

그 손이 보이지도 않을 정도로 빨랐다.

"무슨 짓이야?"

놀란 서병탁이 상체를 세웠다.

"진맥을 하려는 것 아닙니까? 움직이면 맥이 변하니 그대로 있으십시오."

윤도가 서병탁의 상체를 밀었다. 이번에는 무려 열세 개의 장침을 뽑아 들었다. 장침이 목의 인영맥과 12경맥의 동맥 자리를 빼곡히 차고 들어갔다.

"이봐!"

서병탁이 고함을 쳤다.

"당신 한의사 맞습니까? 진맥을 하라 하고 흥분하다니요? 지금 당신의 요구대로 맥을 짚고 있지 않습니까?"

"뭐라?"

"인간의 몸에서 진맥을 할 수 있는 곳은 모두 세 군데 아닙니까? 손목의 기구맥, 목의 인영맥, 각각의 12경맥의 동맥. 보통 손목에서 진맥을 하지만 당신들이 나를 검증하겠다고 하니 FM대로 모든 진맥 부위를 보려는 겁니다."

"이, 이놈이……."

"말씀 삼가세요. 지금 검증 중이니까."

윤도의 눈에서 불꽃이 튀었다. 압도된 서병탁은 뒷말을 잇지 못했다.

윤도가 진맥을 시작했다. 처음에는 왼 손목이었다. 장침을 잡은 손가락의 자세는 관맥과 촌맥, 척맥을 잡는 것과 같았다.

"왼손 촌맥에서 심장과 소장의 이상을 읽지요. 관맥에서는 간장과 담, 척맥에서는 명문과 삼초……."

"……."

"오른손으로 갑니다. 여기서는 폐와 대장, 비장과 위장, 그리고 신장의 상태를 알게 됩니다. 남자는 왼쪽 손의 맥이 강하고 여자는 오른쪽 손의 맥이 강하게 뛰지요. 왜냐면 남자는 양기의 영향을 받기 때문입니다."

"……."

"당신의 문제는 심장입니다. 심허로군요. 계속 말해도 되겠습니까?"

"뭐야?"

"내 말은 이 진단이 당신의 프라이버시를 침해할 수도 있기 때문입니다. 진상 환자라면 개인 정보 누설이라고 태클을 걸 수도 있을 테니까요."

"이봐."

"그럼 동의한 것으로 알고 계속하겠습니다."

윤도는 김남우까지 바라본 후 묵직하게 말을 이었다.

"당신의 심허는 하초로 내려가 생식기에서 고질병을 형성했습니다. 고환염에 발기부전… 진맥으로 보아 발기부전은 아마 10여 년쯤 된 것 같군요."

"……!"

그제야 서병탁의 눈알이 뒤집혔다. 그는 설마 했다. 진짜 진맥도 아니고 흉터 위에 꽂힌 침. 그걸 잡고 개폼을 잡는다고 생각하다가 뒤통수를 맞은 것이다. 그것도 세게 맞았다. 뇌가 터질 정도의 충격이었다.

"내친김에 심장 구멍 이야기도 해드릴까요? 당신의 심장 구멍은 여섯 개입니다. 다섯이면 보통 사람 장삼이사요, 일곱이면 총명한 사람이라는데 여섯이니 애매하군요. 털은 아쉽게도 하나뿐입니다."

"……"

"이제 침술 증명을 해야 하나요? 사실 당신 심장은 구멍 하나가 절반 이상 막혀 있습니다. 그걸 뚫으면 일곱 개가 될 것 같은데 한번 찔러 드릴까요?"

윤도가 망침을 들어 보였다.

망침!

그 긴 기세가 서병탁의 눈앞에서 아른거렸다.

"미, 미쳤어?"

놀란 서병탁이 허둥거렸다.

"사실 저는 의심증에 관련된 약침도 조제가 가능합니다. 당신에게 놔드릴 의사는 없지만……."

윤도가 망침을 놓고 장침을 집어 들었다. 그런 다음 거양혈을 찾아 장침을 넣었다. 순간 서병탁의 엉덩이가 들썩 올라왔다 내려갔다. 침감이 제대로 닿았다는 신호였다. 다음으로 질변혈과 환도혈로 이어지는 부근에 또 하나의 장침을 넣었다. 마지막은 족삼리에서 매조지를 했다.

물론 이 혈자리들은 시침이 쉽지 않았다. 질변혈에도 흉터가 있었고 다른 혈자리도 그랬다. 하지만 윤도의 신침은 흉터 아래 숨은 혈자리를 조금도 빗나가지 않았다. 손목의 진맥에서 혈자리 위치를 확인한 까닭이다. 거기에 더해 유려한 손놀림. 그건 차라리 세계적인 연주가의 손처럼 보였다.

"서병탁 씨."

시침을 마친 윤도가 서병탁을 바라보았다.

"서병탁 씨? 이런 새파란 놈이⋯⋯."

"그건 중요하지 않고 같은 한의사로서 충고 한마디 해드리 겠습니다. 보아하니 발기부전의 원인을 심허와 신허로 판단한 모양인데 당신 발기부전은 심허입니다. 괜히 지실, 경문, 차료, 신수혈 등을 건드려서 스트레스 주지 마시기 바랍니다. 물론 정통으로 자침하지도 못했습니다만⋯⋯."

"뭐라?"

"느껴보시죠. 내 말이 틀린지."

윤도가 질변혈 자리에서 침을 감았다. 정확하게 4분의 3이 었다. 그러자 서병탁의 짧은 '팔' 하나가 허공을 향해 '저요' 하 고 손을 들었다. 남자에게 달린 세 번째 팔이다.

"⋯⋯!"

그걸 본 서병탁과 김남우가 사색이 되고 말았다. 그 팔(?)이 완전히 90도로 섰다. 김남우의 시선이 맹렬하게 구겨지는 게 보였다. 사실 그도 서병탁에게 시침을 했다. 젊은 제자의 고민 인 발기부전. 무슨 그라를 사 먹어도 잘 듣지 않는 희한한 상 황. 어찌어찌 용을 써서 혈자리를 찾았다. 그러나 그의 침도 윤도 정도는 아니었다. 그저 체면이나 세워주려는 듯 30도 정 도 일어서다 무너진 것이다.

"⋯⋯?"

서병탁의 표정은 몹시 복잡 미묘했다. 그 자신의 인생 고민이던 발기부전이었다. 그의 한의원은 꽤 잘나가고 있었다. 살빼는 한약으로 히트를 친 덕분이다. 그래서 돈 좀 만졌다. 하지만 그러면 뭐 할까? 결혼 7년 차의 아내는 수영 강사와 눈이 맞아 떠났다. 심리적인 요인까지 겹쳐 그 어떤 치료법도 신호만 오다 말던 물건. 그런데 지금은 90도로 직립한 위엄.

하지만 그 90도가 바로 무너져 버렸다. 윤도가 보에서 사로침 감는 방향을 바꾼 것이다.

벌떡.

스르르.

벌떡.

스르르.

물건은 똥개 훈련하듯 일어나, 앉아를 반복했다. 모두 윤도의 침감이 내리는 명령이었다.

"이제 증명이 되었습니까?"

윤도가 다시 사를 행했다. 물건은 절망처럼 스르르 무너지더니 다시는 일어서지 않았다.

"아직 부족하다면 고환염까지 진행해 보이죠."

윤도의 장침이 다시 움직였다.

이번에는 등의 지실혈이었다. 신수혈에서 가까웠다. 그곳에는 다행히 흉터가 없었다. 자침되는 순간, 김남우의 눈매가 번

찍거렸다. 혈자리 때문이었다. 자신이 생각하는 혈자리에서 두 푼 정도 달랐다. 그러고 보니 윤도의 혈자리는 죄다 조금씩 비껴 있었다.

모로 가도 서울을 간 것인가?

김남우는 잠시 생각에 잠겼다. 하지만 진맥으로 인한 진단은 명쾌했고, 침술로 인한 효과는 전격적이었다. 특별한 약침도 아니고 단지 장침이 들어간 상황. 다른 것은 그 장침이 물결을 찌르듯, 바람을 찌르듯 너무나 자연스러웠다는 것뿐이다.

"어떻습니까?"

윤도의 시선이 고환을 가리켰다.

"……."

서병탁이 움찔했다. 90도의 감격이 너무 컸다. 그랬기에 두 알(?)의 반응을 깜빡한 것이다. 그런데 뭉긋한 아픔이 느껴지지 않았다. 늘 무엇인가가 움켜쥐고 놓지 않는 듯하던 그 아픔이.

"아마 뭉긋한 압통이 사라졌을 겁니다. 그렇죠?"

"……."

"증명이 되었으면 다시 원상태로 돌려놓겠습니다."

"이, 이봐."

서병탁의 말이 나오기도 전해 윤도가 침을 뽑아버렸다. 서

병탁의 알은 다시 뭉긋 야리한 통증 상태로 돌아갔다. 미치고
환장할 노릇이었다.

"이렇게 여러분이 오셨으니 한 사람으로는 안 되겠죠?"

윤도가 김남우와 한의사들을 바라보았다. 김남우가 마르고
큰 한의사의 등을 밀었다. 윤도가 맥을 잡았다. 그는 단 하나
의 애로 외에 아픈 곳이 없었다.

"이분은 오장육부와 사지육신은 멀쩡해 보이지만 대장이 좋
지 않습니다. 특히 냉에 약해 에어컨 바람을 쐬면 영락없이
화장실을 가게 될 겁니다. 침을 놔드릴까요?"

윤도가 키 큰 한의사에게 말했다. 그의 얼굴이 하얗게 질려
버렸다.

"⋯⋯."

그제야 김남우도 등골이 뼈근해지는 걸 느꼈다. 윤도의 침.
자연스러움 속에 침의 원칙을 고스란히 담고 있었다. 침감을
조절하는 득기, 침을 세 부분으로 나누어 조금씩 넣고 빼기를
반복하는 소산화법, 침을 들어 올리고 누르는 제삽까지 그냥
보기에는 자연스러움일 뿐이지만 골똘하게 짚어보면 그 모든
것을 담은 손길이었다. 그러니 장침이 문제될 일이 아니었다.

─공명심에 사로잡힌 어린 한의사가 환자들을 현혹하고 있
다. 대형 사고 쳐서 한의학계에 대형 파장을 몰고 오기 전에
정체를 밝혀야 한다.

제자이자 후배인 네 한의사의 말을 듣고 달려온 한방의 원로.

그러나 눈앞에서 펼쳐진 윤도의 침술은 흠잡을 데가 없었다. 거의 모든 혈자리를 장침으로 다스리는 것이 불만스럽기는 하나 탓할 수 없었다. 마치 삼국지의 관우에게 너는 왜 청룡언월도만 쓰느냐고 따지는 것과도 같았기 때문이다.

"채윤도 선생."

결정을 내린 김남우가 한 발 앞으로 나왔다.

"……"

"실례가 많았소. 우리가 모르는 신침의 도를 깨우쳤구려."

"김 선생님!"

김남우의 뒤에서 제자들이 목청을 높였다.

"그만들 하시게. 솔직히 자네들이 말할 때 긴가민가하기는 했지만 채 선생의 침술에는 아무런 하자가 없지 않은가? 저 짧은 시침 동안 채 선생의 침술에서는 다섯 가지 침의 원칙이 춤을 추었네. 그건 보았나?"

"……"

"그렇다면 채 선생을 편작이나 화타의 후신으로 볼 수 있을 터, 시샘을 거두고 사과를 드리게. 대형 사고 따위는 걱정하지 않아도 될 것 같으니……"

"하지만 아무 환부에나 장침을……"

"침 중에는 돌침도 있고 봉침도 있네. 나아가 금침도 있지. 그렇게 보면 침이란 구침 가운데서 한의사와 환자에게 적합한 것을 골라 시침하면 되는 것. 솔직히 말하면 나도 호침 자리에 장침을 넣고 장침 자리에 호침을 넣은 적이 있네."

"……"

"이제 보니 공명에 눈이 먼 건 이 노구였네. 후배들의 부추김을 떨치지 못하고 경거망동했으니 참으로 볼 면목이 없네. 청와대에는 다시 전화를 걸어 채윤도 선생의 침술에 문제가 있는 것 같다고 제기한 의견을 거둘 테니 결례를 용서해 주기 바라네."

김남우가 고개를 숙였다. 그는 과연 거목이었다. 그렇기에 자신의 과실에 대한 인정도 전격적으로 할 수 있었다.

해프닝은 그렇게 마감되었다. 김남우가 숙이자 다른 한의사들은 따르지 않을 수 없었다.

"아유, 정말… 같은 한의사가 잘되면 축하는 못 해줄망정……"

처음부터 끝까지 지켜본 승주가 혀를 내둘렀다.

윤도는 왕진 준비를 했다. 부용의 SN에 들렀다가 광희한방대학병원에 가야 했다. 치매 환자 특별 시침 요일이었다.

부릉!

막 차에 시동을 걸 때였다. 아까 시비를 걸던 서병탁 한의사가 어디선가 튀어나왔다.

"저기… 채 선생님."

"뭐죠? 아직 증명할 게 남았나요?"

"그게 아니라……"

서병탁의 목소리가 안으로 잔뜩 기어들어 갔다.

"그럼 왜요?"

"그게… 제 고질병 좀 치료해 주시면 안 되나 싶어서……"

"고질병요?"

"발기부전……"

"치료는 환자와 한의사의 신뢰가 우선입니다. 사이비 침술
가로 몰아붙이는 분이 제 침술을 받을 수 있겠습니까?"

"그 일은 면목 없습니다. 상식적으로 말이 안 되는 일이기
에……"

"음양과 기혈의 조화를 상식으로 받아들이지 않는 사람이
있는 건 압니다만 한의사로서 하실 말이 아닌 거 같은데요?"

"죄송합니다. 아무튼 치료를 좀……"

"저도 죄송합니다. 제가 일본 방사능 피폭 환자들, 치매 환
자들, 피부암 환자들 예약이 밀려서 당분간 발기부전 진료 계
획은 없어서 말이죠. 나중에 계획이 잡히면 그때 예약하시면
될 것 같습니다. 자세한 건 저희 한의원 홈페이지 공지를 참고
해 주세요."

그 말을 끝으로 윤도가 차에 올랐다.

"잠, 잠깐만요. 채, 채윤도 선생! 채윤도 선생님!"

서병탁이 손을 들었지만 윤도의 스포츠카는 저만치 멀어진 후였다.

"쌤통이다."

접수실에서 지켜보던 승주가 쾌재를 불렀다. 물론 연재와 정나현도 고소한 마음은 마찬가지였다.

"채 선생니임."

윤도가 들어서자 코맹맹이 애교가 실내에 울려 퍼졌다. 부용의 SN 엔터테인먼트 대기실이었다. 매트에는 한참 주가를 올리는 신인 걸그룹의 리더가 누워 있었다. 태국 공연을 앞두고 마무리 연습을 하다가 발목을 접질린 것이다. 스케줄이 많아 강행군을 하다가 일어난 참사였다.

"선생님……."

리더는 아기 새 같은 표정을 지었다.

"걱정 마. 선생님 침은 마법이야."

미나토 건으로 알게 된 미우가 다가와 위로를 건넸다.

"공감에 한 표. 살아 있는 마법사시지."

박연하도 동참했다.

장침은 단 한 방이었다. 손의 소부혈에서 대릉혈을 일침이

혈로 잡은 것이다. 염좌가 일어난 쪽의 손이었다.

"일어나 봐요."

침을 뽑은 윤도가 말했다.

"다리에는 안 놔요?"

"이미 끝났거든요."

윤도가 어깨를 으쓱해 보였다. 리더는 고개를 갸웃거리며 다리를 디뎠다. 하나도 아프지 않았다.

"어!"

그녀의 입이 딱 벌어졌다. 새로 매니지먼트 계약을 하고 결성된 팀이라 윤도를 잘 모르는 까닭이다.

"우와, 신기! 저번에 다쳤을 때는 일주일간 고생했는데……."

리더는 믿기지 않는 듯 한 바퀴 턴을 해 보였다.

"드세요."

자리를 부용의 방으로 옮겼다. 부용이 직접 차를 타서 내밀었다.

"같이 식사하고 가시면 좋은데……."

"미안해요. 광희한방대학병원에서 수행할 프로젝트가 있어서요."

"눈코 뜰 새 없네요. 일본에 번쩍, 우리 아버지 회사에 번쩍, 청와대에 번쩍."

"하핫, 그렇게 되었네요. 부용 씨 사업은요? 유럽과 중국에 큰 공연 들어갈 거라는 풍문이 돌던데."

"유럽은 괜찮은데 중국이 문제예요. 아시다시피 한중 관계가 복잡 미묘하잖아요? 그렇다고 보장될 때까지 기다릴 수도 없고요."

"잘될 겁니다."

"선생님은 우리 아버지 회사에서 빅 히트를 두 방이나 날리고 오셨더군요?"

"빅 히트는 아니고… 민폐만 끼쳤죠. 인재 스카우트 비용을 너무 많이 주셨습니다."

"아버지는 너무 적다고 하시던데요?"

"그래요?"

"선생님은 모르실 수 있지만 세계적인 인재 스카우트하는데 몇십 억은 많은 돈이 아니에요. 실제로 글로벌 인재들 데려오려면 백지수표 내미는 경우가 허다하거든요. 당연히 그걸 대행하는 에이전트도 거액을 부르죠. 스캇 보라스라고 아세요?"

"미국 메이저리그요?"

"그 사람도 보통 계약 총액의 6% 정도를 먹어요. 만약 대박 난 FA가 5,000만 불 계약을 한다면 얼마일까요? 그건 단순히 프로야구지만 글로벌 기업의 연간 매출액은… 상상이 되세요?"

"그렇게 말하니까 이해가 쉽네요."

"오빠도 무척 고무되어 있더라고요. 선생님 강연의 반응이 너무 좋아 한의사들 가끔 모셔야겠다고… 나보고 만나게 되면 추천 좀 받아오라고 하던데요?"

"장 박사님 있잖습니까?"

"장 박사님이 유명하긴 하지만 진취적 성향의 아버지 회사와는 거리가 있어요."

"그렇다면 조수황 교수님이 딱이겠네요. 광희한방대학병원 침구과장님이시고 굉장히 활동적이십니다."

"전해 드릴게요."

"제가 추천했다고는 말하지 마세요."

"왜요? 대통령 주치의가 되실 분이……."

"어, 그것도 알아요?"

"왜 이러세요? SN 대표 자리는 게임 레벨 올리듯 얻는 건 줄 아세요? 세상 돌아가는 걸 알아야 콘셉트를 잡을 수 있다고요."

"으음, 조심해야겠군요."

"뭘요?"

"잠자리, 화장실… 혼자 있을 때 코 후비는 거 같은 것도 다 알고 계실까 봐……."

"푸훗, 관음증 같은 건 좋아하지 않거든요."

"하핫, 조크였습니다."

"하실 거예요?"

부용이 시선을 가다듬으며 물었다.

"뭘요?"

"대통령 주치의."

"글쎄요, 워낙 전격적인 제의라서… 하지 말까요?"

"네!"

부용이 기다렸다는 듯이 말했다. 그 말에 놀란 윤도가 고개를 들었다.

"제 생각이에요. 결정이야 선생님이 하실 거잖아요."

"하지 말라는 이유가 뭐죠? 설득력이 있으면 따를게요. 아직 결정된 건 아니고… 사실 잡음도 좀 있는 모양이고……."

"잡음이야 당연히 있게 마련이죠. 그건 각오하셔야 해요."

"당연하다고요?"

"우리 연예계만 해도 신인이 빅히트를 치면서 등장하면 온갖 루머와 악플이 뜯어먹을 듯 달려들어요. 정상급 연예인이 다시 정상에 서는 것과는 아주 다르죠. 사람 사는 거야 어디든 똑같을 테니 한의계라고 다를 거 없잖아요? 게다가 선생님은 아직 어리고요."

"그렇군요."

"이유를 말하라 하시니… 제가 볼 때 선생님은 이제 시작이거든요. 우리 애들로 치면 굉장한 재능을 지닌 가수가 이제 막 조명을 받기 시작했어요. 그런데 한쪽 발을 잡히는 거예요. 그럼 굉장한 제약이 있지 않겠어요?"

"······!"

부용의 빗댄 설명에 윤도 머리가 밝아졌다.

대통령 주치의.

의사든 한의사든 최고의 영예에 속한다. 그러나 제약이 있었다. 주치의는 영광만 누리는 게 아니었다. 대통령의 건강을 돌봐야 한다. 때로는 외국 순방에도 동행해야 한다. 그 스케줄은 윤도가 짜는 게 아니었다. 그건 부용과 맺은 계약, TS전자의 의무실장이 되는 것과 차원이 달랐다. 이쪽은 윤도의 스케줄을 우선시해 주지만 대통령 주치의는 그 반대였다.

"설득력 있네요."

윤도가 대답했다. 장침에만 골똘하다 보니 미처 생각하지 못한 일이었다. 역시 부용의 눈은 달랐다.

"이제 또 다른 신약에 도전하신다고요?"

"네."

"선생님은 하실 수 있을 거예요. 하지만 건강은 챙겨가면서 하세요. 제가 아프면 선생님이 치료할 수 있지만 선생님이 아프면 침을 놔줄 사람이 없잖아요."

"요즘 같아서는 아플 시간도 없답니다."

"가보세요. 광희병원 가야 한다면서요."

부용이 먼저 일어섰다. 윤도의 부담을 없애주려는 배려였다. 윤도가 그녀를 당겨 키스를 했다.

"그거 알아요?"

윤도가 물었다.

"뭐요?"

"아픈 데를 낫게 하는데 꼭 한의사나 의사일 필요는 없어요."

그 말과 함께 다시 한 번 키스가 오갔다. 그녀는 윤도가 말하는 의미를 알았을까? 실제로도 피로가 쫙 풀린 윤도가 스포츠카에 올랐다.

"여보세요."

시동을 걸며 통화 버튼을 눌렀다. 청와대 비서관이 나왔다. 그에게 의사를 전했다. 주치의 고사였다.

"생각해 봤는데 주치의를 하기에는 제가 너무 일천해서 말입니다. 일이 너무 진행되어 곤란하시면 자문의 정도로 위촉해 주시면 고맙겠습니다."

윤도가 의사를 전했다. 부드럽지만 명쾌한 목소리였다.

10. '뉴잉글랜드 저널 오브 메디슨'

딸깍!

광희한방대학병원 세미나실 문이 열렸다.

"들어오세요. 다들 와 계세요."

윤도를 맞이한 건 안미란이었다. 그녀는 현관까지 나와 있었다.

"죄송합니다. 늦었습니다."

윤도가 착석자들을 향해 인사를 했다. 안에는 두 사람이 앉아 있었다.

광희한방대학병원 침구과장 조수황.

광희한방대학병원 레지던트 송재균.

여기에 윤도가 한 자리를 잡고 앉았다. 이들의 모임은 이제 세 번째였다. 처음 윤도가 치매 신약 개발을 생각했을 때 윤도는 SS병원의 부원장의 제의를 받고 있었다. SS병원의 치매 환자 몇에게 침술 공동 치료를 부탁한다는 말이었다. 그때 신경정신과장을 소개받은 자리에서 윤도는 치매 치료 논문에 대한 결심을 굳혔다. 신경정신과장이 보여준 해외 논문 때문이었다.

대한민국의 의술.

기가 막히게 발전했다. 하지만 학술 분야에서는 그렇게 현격한 진격을 이루지 못했다. 사이언스나 네이처급에 발표되는 논문은 여전히 적었던 것이다.

"채 선생님 정도 되면 당연히 도전해 봐야 하는 거 아닙니까? 이 정도 치료 효과라면 당연히 최고 수준의 학술지에도 실릴 수 있을 겁니다."

신경정신과장의 응원이 결정적인 계기가 되었다.

그길로 조수황 과장에게 전화를 걸어 협조를 부탁했다. 조수황은 '닥치고 OK'였다.

논문…….

할 일이 많았다. 쓰는 원칙도 있었다. 노하우는 조수황 과장에게 들었다. 그는 이미 공진단과 침술 복합 치료가 뇌신경

전달물질에 기여하는 효과로 해외 저널에서 주목을 받은 바가 있었다.

그는 실험을 통해 공진단 복용 그룹과 비복용 그룹으로 나누었다. 그 두 그룹을 다시 시침 그룹과 비시침 그룹으로 구분했다. 그런 후 스트레스 저항력과 세로토닌 분비량, 스트레스 호르몬 분비의 차이를 비교 분석 하였다. 거기에서 도출된 결과를 토대로 논문을 작성해 개가를 올렸다. 논문은 한약의 피로 해소 효과와 침술의 시너지 효과 기전을 과학적으로 밝혔다는 점을 평가받았다.

윤도의 목적도 자명했다.

치매.

윤도의 장침은 치매를 치료할 수 있었다. 특별한 케이스만 아니라면 문제가 없었다. 그저 시간과 치료 횟수의 문제일 뿐이었다. 하지만 기혈이 어쩌고 음양 조화가 어쩌고 하는 건 과학적인 인정이 쉽지 않았다. 그렇기에 약침을 더해 침술의 효과를 증명하려는 생각이었다.

장침군.

장침+약침 1군.

장침+약침 2군.

남자.

여자.

알츠하이머형 치매군.

혈관성 치매군.

알코올성 치매군.

루이체 치매군.

케이스도 세분화했다. 이는 기 발표된 논문을 참고한 결정이었다. 기존의 치료는 백회혈과 사신총혈, 신정혈, 태계, 족삼리, 수구, 신수, 수삼리, 태충혈 등이 많이 쓰였다.

이 결과에서도 혈관성 치매에 침 치료가 효과적이라는 게 엿보였다. 하지만 논문의 질은 높이 평가받지 못했다. 한의학적 한계를 벗어나지 못한 게 원인으로 보였다.

그렇기에 윤도는 다양한 케이스와 함께 환자의 수를 늘이기로 했다. 다행히 치매 환자는 많았다. 더 다양한 케이스를 위해 SS병원과 JJ병원의 지원도 받고 있었다. 양 병원 공히 양방으로 치료가 더딘 환자를 윤도에게 부탁한 것이다. 그 시침 결과에 대한 자료는 물론 윤도의 것이었다.

—타우 단백질.

윤도가 정한 아이템이다. 단백질이 치매에 관여한다는 연구는 꾸준히 나오고 있었다. 뇌에서 인지기능을 담당하는 해마의 신경세포 사멸을 유도하는 단백질도 발견되었고, 마취가 뇌 영역 내의 타우 단백질의 과인산화를 유발한다는 규명도 나왔다.

타우 단백질은 알츠하이머 및 일부 신경 퇴행성 질환에 연결된다. 이 타우 단백질이 잘못되어 접히는 구조가 될 때 알츠하이머 치매를 유발한다.

양방에서는 뇌 표면 단백질인 베타 아밀로이드와 타우 단백질에 대한 연구가 활발했다. 치매 초기에는 베타 아밀로이드 플라크가 증가하지만 정작 치매 증상을 촉발하는 건 타우 단백질의 접힘의 증폭이라는 연구까지 나온 상황이다.

타우 단백질이 중요한 건 치매의 진행 양상 때문이었다. 이 단백질의 뒤엉킴이 측두엽과 두정엽으로 번지기 시작하면 인지 기능의 강철 벽이 무너진다. 결론적으로 타우 단백질 뒤엉킴의 확산 정도를 측정하면 치매 진행의 예측이 가능했다.

윤도의 기준으로는 뒤엉킴의 원상 복구를 노렸다. 동시에 알츠하이머 치매 환자의 뇌에서 과잉 생성되는 가바(중추신경계에서 생기는 전달물질)의 양을 줄이는 과정을 증명하려는 의도였다.

두 가지 의도는 이미 시침에서 확인했다. 몇몇 환자의 케이스를 토대로 양방의 검사법을 통해 자료를 뽑아낸 윤도였다.

그러나 권위 있는 학술지에 실리려면 몇 케이스만으로는 불가능했다. 그렇기에 다양한 케이스가 필요했다. 침과 약침을 동시에 시도하는 건 한의학에 대한 관심 유도에 더불어 신약의 효과 입증에 대한 측면의 고려되었다. 따로 떼어 하는 것보다 한꺼번에 하는 게 효율적이라고 판단한 것이다.

"어때?"

조수황이 지금까지의 성과를 물었다.

"잘되고 있습니다."

"SS병원과 JJ병원에서도 공동 진행을 한다고 했지?"

"예, 과장님."

"채 선생 덕분에 한의학의 위상이 많이 높아졌군. 전 같으면 그런 병원에서 받아들일 리가 없는데……."

"잘해서 서로에게 윈윈이 되는 일이라는 걸 보여주겠습니다."

"기대가 크네."

"예."

"그럼 시작하시게. 필요한 거 있으면 연락하고."

조수황이 자리를 털고 일어섰다. 오늘 윤도를 기다리는 치매 환자는 모두 여섯이었다. 알츠하이머 치매와 혈관성 치매, 알코올성 치매 환자가 고루 섞였다.

"선생님."

복도를 걸으며 안미란이 입을 열었다.

"아, 저번에 한의원 다녀가셨다면서요?"

윤도가 먼저 자수를 했다. 안미란은 약속을 지켰다. 윤도에게 배우고 싶은 침법이 있었다. 하지만 윤도가 바빴기에 자리에 없었다. 눈치 빠른 안미란은 지나다 들른 것처럼 말하고 다음을 기약했다.

"괜히 선생님께 부담드려 죄송해요."

"아닙니다. 미리 연락하고 왔으면 기다렸을 텐데……."

"그래도 다시 선생님 침술을 보게 되어서 너무 좋아요. 저 어제 밤잠 못 잔 거 모르시죠?"

"에, 설마?"

"어머, 진짜예요. 송 선생님에게 물어보세요."

"그래, 그때 와서 뭐 물어보려고 했던 건데요?"

"지금 말해도 돼요?"

"당연하죠. 바쁠 때는 시간과 장소 가리면 안 돼요."

"득기(得氣)와 소산화법(燒山火法)이요. 그거 머리에만 있지 침놓을 때는 가출하고 없어요."

안미란이 울상을 지었다. 윤도가 웃었다.

소산화법.

예정한 침의 깊이를 천부, 중부, 심부의 세 마디로 나누어 각 마디마다 빠르게 들어 올리고 아래로 누르는 과정을 9회 반복하는 것이다. 이론상 9회지만 환자의 질환에 따라 적당히 가감하면 된다. 하지만 말이 그렇지 몸 안으로 들어가는 침을 감으로 세 부분으로 나누는 것도 어렵고 환부 안에서 올리고 누르는 것도 어려웠다. 자칫하면 엉거주춤 흉내만 내다 마는 것이니 아니함만 못할 수도 있었다.

듣기는 더 어려웠다. 이는 침이 들어갈 때 환자의 느낌을 조절하는 침법이다. 노련한 침술이라면 침이 혈자리에서 감기는 느낌을 받는다.

콱!

조이는 손가락 맛이다.

여간 집중하지 않고는 깨달을 수 없는 침법이다.

"오늘 한번 해보죠, 뭐."

윤도가 안미란을 위로했다.

"정말이요?"

"대신 재미에 빠져서 밤새워도 난 모릅니다."

"그건 문제없어요. 잠이야 내일 자면 되니까요."

안미란이 화답했다. 그녀의 열정은 아직도 식지 않은 용광로였다.

이날 윤도는 오직 세 혈자리만을 공략했다. 첫째는 신문혈이었다. 기존의 논문에서 많이 다루지 않은 신문혈. 그러나 그 효용은 명대의 이천이 펴낸 의학입문에 이미 설파되고 있었다.

노궁은 다섯 가지 간질을 치료하고 신문은 치매를 치료한다.

남이 안 쓰는 혈자리로 이루려는 공명심이 아니었다. 다양한 루트를 뚫어서 침술에 기여하려는 생각의 소산이었다. 두 번째 선택은 역시 백회혈과 사신총이었고, 세 번째는 태계혈을 꼽았다. 다만 한 환자의 경우에는 뒷목의 대추혈을 이용했다. 거기서 망침을 넣어 뇌 안에서 막힌 작은 혈관들을 뚫었다.

망침은 모두 네 개가 드나들었다. 나노 침도 두 개가 보태졌다. 혈관성 치매를 위한 시침이었다. 뇌로 가는 혈관에 약침을 넣고 기다리기에는 상황이 나빴다. 막힌 길은 오래지 않아 뚫렸다. 환자는 아들을 알아볼 정도로 좋아졌다. 지켜보던 안미란은 기절 직전에 겨우 숨을 골랐다.

남은 환자는 두 그룹으로 나뉘어 자침을 계속했다. 정도가 약간 경한 그룹에는 순수 장침만 사용했고, 증세가 심한 경우에는 약침을 넣었다. 시침 전후의 채혈과 관련 호르몬 검사는 안미란이 맡아주기로 했다.

"안 선생님."

마지막 환자에서 윤도가 찡긋 눈짓했다. 혈자리가 괜찮은 환자였다. 윤도가 먼저 침을 넣었다. 신문혈이었다. 그녀를 위해 천천히 시범 조교처럼 소산화법을 선보였다. 침은 혈자리로 들어가다 세 번을 멈췄다. 그 세 번 모두 침이 움직였다.

올라오고, 내려갔다.

아홉 번이 물결처럼 한 손동작이었다. 안미란의 동영상은 침을 따라 돌아갔다. 백회혈까지 찌른 윤도가 태계혈의 시침을 안미란에게 넘겼다.

'저요?'

안미란의 눈이 물었다.

'네.'

윤도의 눈이 대답했다.

안미란은 땀을 뻘뻘 흘리며 침을 넣었다.

용장 밑에 약졸 없다.

그 말이 맞았다. 뜬구름 잡는 강의가 아니라 생생한 실전한 편. 안미란은 약간 서툴지만 소산화법을 구현해 낼 수 있었다.

올라가고, 내려가고.

같은 시침이지만 안미란은 등골이 무너질 것만 같았다. 하지만 결국 그녀는 해내고 말았다. 치열한 집중력으로 막막하던 선을 넘은 것이다.

"와아!"

복도로 나온 안미란이 안도의 숨을 쉬었다.

"별거 아니죠?"

윤도가 물었다.

"별거 아니긴요, 숨 막혀 죽는 줄 알았어요."

"겁먹지 말고 자꾸 써먹으세요. 이제 감 잡았으니까 열 번만 하면 익숙하게 놓을 수 있을 겁니다."

"아우, 아예 선생님 한의원에서 배우면 좋겠는데… 저 인턴 끝나고 선생님 밑으로 가면 안 돼요?"

"당분간 자주 올 거니까 나중에 타박이나 마세요. 귀찮은 일 맡겼다고."

"쳇, 저 좀팽이 아니에요. 닥치고 도울 테니까 일 년 내내라도 오세요."

안미란은 기꺼워했다.

그녀를 위해 야간 시침에 동행해 주었다. 윤도의 든든함을 안고 안미란이 도전에 나섰다. 두 번째 환자에서는 떨었지만 세 번째 환자에게는 떨지 않았다. 이제는 자신감이 생긴 것이다.

"오늘 밤, 잊지 못할 거 같아요. 제가 소산화침을 놓게 되다니……."

"앞으로는 양자법도, 영수보사법도, 용호교전법도 문제없을 겁니다."

"정말요?"

"그럼요. 안 선생님 침술 재주, 보통 아니거든요."

"고맙습니다. 제가 목숨 걸고 도울 테니 이번 논문은 꼭 뉴 잉글랜드 저널 오브 메디슨에 발표하세요."

안미란이 주먹을 쥐어 보였다.

뉴잉글랜드 저널 오브 메디슨.

그 단어에 윤도가 웃었다. 다른 분야는 모르지만 임상의학 저널에서는 넘버원이다. 사이언스나 네이처, 셀보다도 권위를 자랑한다. 꿈같은 단어를 뇌이며 병원을 떠났다. 어두워진 시간만큼 치매 논문의 자료가 쌓여갔다.

차곡차곡.

『한의 스페셜리스트』 9권에 계속…

초대형 24시 만화방

신간 100%, 샤워실, 흡연실, 수면실(침대석), 커플석, 세탁기 완비

▪ 광명 광명사거리역점 ▪

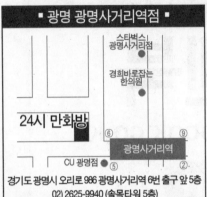

경기도 광명시 오리로 986 광명사거리역 6번 출구 앞 5층
02) 2625-9940 (솔목타워 5층)

▪ 강북 노원역점 ▪

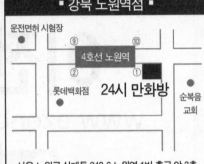

서울 노원구 상계동 340-6 노원역 1번 출구 앞 3층
02) 951-8324 (화용빌딩 3층)

▪ 일산 정발산역점 ▪

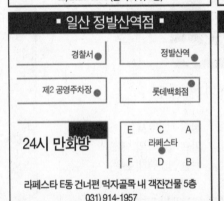

라페스타 E동 건너편 먹자골목 내 객잔건물 5층
031) 914-1957

▪ 일산 화정역점 ▪

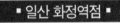
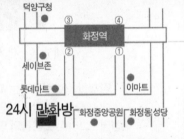

경기도 고양시 덕양구 화정동 984번지 서일빌딩 7층
031) 979-4874 (서일사우나 건물 7층)

▪ 부천 역곡역점 ▪

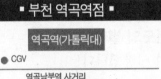

역곡남부역 기업은행 건물 3층
032) 665-5525

▪ 부평역점 ▪

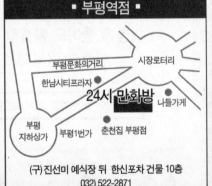

(구) 진선미 예식장 뒤 한신포차 건물 10층
032) 522-2871